Andreas F. Kelletat
Kevin lernt Dolmetschen

W0217343

Andreas F. Kelletat

Kevin lernt Dolmetschen

Erzählungen

EDITION
Noack
Block

Handlung und Figuren dieser Campus-Erzählungen sind erfunden. Ähnlichkeiten mit real existierenden Personen waren weder beabsichtigt noch ließen sie sich durchgehend vermeiden, denn: Gommersbach ist nicht Germersheim, aber ohne Germersheim gäbe es kein Gommersbach. (afk)

Der Band *Kevin lernt Dolmetschen* wurde in den Jahren 2010 bis 2013 in vier Auflagen in Detlef Wilskes Queich-Verlag herausgegeben. Die vorliegende Neuausgabe wurde um mehrere Erzählungen erweitert.

Umschlagabbildung: © Theresa Heyer

ISBN 978-3-86813-033-1

© Edition Noack & Block in der Frank & Timme GmbH
Berlin 2016. Alle Rechte vorbehalten.

Das Werk einschließlich aller Teile ist urheberrechtlich geschützt. Jede Verwertung außerhalb der engen Grenzen des Urheberrechtsgesetzes ist ohne Zustimmung des Verlags unzulässig und strafbar. Das gilt insbesondere für Vervielfältigungen, Übersetzungen, Mikroverfilmungen und die Einspeicherung und Verarbeitung in elektronischen Systemen.

Herstellung durch Edition Noack & Block
in der Frank & Timme GmbH,
Wittelsbacherstraße 27a, 10707 Berlin.
Gedruckt auf säurefreiem, alterungsbeständigem Papier.

www.noack-block.de

Inhalt

Dorftrottel statt Globetrotter?

Professor Martin F. Sottkowski, seit 1993 Leiter des Arbeitsbereichs Deutsche Sprache und Kultur im pfälzischen Gommersbach, hatte sich auf die Dienstreise nach Polen nicht sonderlich gefreut. Lieber hätte er sich noch eine Woche krankschreiben lassen und weiter an seinen fußnotenfreien Texten gefeilt. Aber er war dann doch froh, dass es dieses Mal so anders zuging auf der Brücke über das Tal, wo er unten den Fluss sah, mit den Sandbänken und Ausbuchtungen und links drüben die Hochhäuser von Frankfurt, Frankfurt an der Oder. Sie mussten gar nicht anhalten, sondern fuhren zügig über die Grenze, so dass Sottkowski nur einen flüchtigen Blick werfen konnte auf die verlassenen Kontrollhäuschen, wo die jungen Friedenswächter der Deutschen Demokratischen Republik damals im Warschauer Tagebuch ihres Altersgenossen Sottkowski herumgeblättert hatten. Und jetzt, 32 Jahre später, war es ihm, als führen sie zum Europäischen Gerichtshof in Luxemburg oder zur Europäischen Kommission nach Brüssel oder ins Straßburger Parlament. Man fuhr einfach so durch und war in Polen.

Von einer großen Plakatwand am kiefernbestandenen Hang über der Oder grüßte sie das Tankstellenunternehmen Orlen mit jenem Wunsch, den ihm am letzten Tag im Januar auch seine aus Brest stammende Doktorandin Barbara schon zugerufen hatte: *życzymy szerokiej drogi!*

Aber so richtig breit waren die polnischen Wege dann zunächst doch nicht. Die ersten 150 Kilometer musste sie ihr Gommersbacher Fahrer geduldig in einer endlos langen Schlange holländischer, polnischer, litauischer, lettischer, estnischer, weiß- und großrussischer LKWs durch die hügelige Landschaft schaukeln und immer mitten durch die Ortschaften, die mit ihren roten Backsteingebäuden gar nicht so viel anders ausschauten als die westlich der Oder. Nur die Neubauten sahen polnisch aus. Ab Posen gab es die Autobahn Richtung Warschau. Die sanitären Anlagen waren dort sauberer als in Brandenburg. Das zumindest berichtete ihm nach ihrer ersten Zigarettenpause auf einem der schmucken Parkplätze mit einem kleinen Siegerlächeln Elefteria Kolposkidou, die jetzt wieder neben Sottkowski auf der Rückbank ihres Dienstwagens vor sich hindöste.

Sehr griechisch sah sie aus, mit ihrer spitzen Nase und den krausen schwarzen Haaren, die ihr weit über die Schultern reichten. Einzelne Strähnen wickelte sie um ihre Finger, wenn sie sich beim Reden zu konzentrieren versuchte. Elefteria Kolposkidou, Professorin für Neogräzistik, war zum 1. Januar vom drittelparitätisch besetzten Senat der Gommersbacher Hochschule für Übersetzen und Dolmetschen zur Präsidentin gewählt worden, auf fünf Jahre. Und natürlich hatte sie gewünscht, dass sie nach Warschau fliegen würden. Von dort aus hätte man dann mit dem Taxi an den abgelegenen Tagungsort gelangen können, zumal das Taxifahren in Polen nicht teurer sein könne als in Griechenland. Aber der Kollege Sottkowski, ihr Vorgänger im Amt des Präsidenten, hatte immer noch Scheu vor der polnischen Hauptstadt. Obwohl es für ihn vor ein paar Jahren ganz gut gegangen war, sein Wiedersehen mit Warschau und seinem ersten Geliebten überhaupt, mit Tadeusz. Elli, wie Elefteria Kolposkidou von ihren Kollegen genannt zu werden wünschte, hatte dann nachgegeben und sich auf diese winterliche Autofahrt quer durch ganz Deutschland und halb Polen eingelassen, auch weil sie während einer so langen Reise Zeit hätten, all die Gommersbacher Dinge: die Studienreform, die Finanzfragen und die leidige Evaluierung der Arbeitsbereiche, einmal in Ruhe durchzusprechen. Daran lag ihnen beiden.

Mehr noch als diese jüngsten Früchte des Schengen-Abkommens und des Vertrages von Maastricht erstaunte Sottkowski, dass es während der Tage in Polen kein einziges Gespräch gegeben hatte über *Nizza oder Tod*, über Schröders Ostsee-Pipeline und auch keins über früher, über Täter und Opfer und über die Enthirnung Polens durch die Nazideutschen. Obwohl in der Presse gerade wieder eine innerpolnische Schlammschlacht tobte um den Besitz der Wahrheit über Flucht und Vertreibung und das Verschwinden der deutschen und jüdischen Nachbarn. Sie aber parlierten in einem Erholungszentrum bei Bronisławów einfach über die Translatorik als neuer Teildisziplin der Philologien und über die Bedeutung des Übersetzens und Dolmetschens im immer enger zusammenrückenden und immer vielsprachiger werdenden Europa. Schön fand er das, dieses polnischeuropäische Gespräch, zu dem Elefteria Kolposkidou ein Grußwort der CIUTI beisteuerte, der *Conférence internationale permanente d'Instituts universitaires de Traducteurs et Interprètes*, deren Schatzmeisterin sie ebenfalls war.

Natürlich musste Professor Sottkowski der gar nicht so übel formulierten Eröffnungsansprache seiner Präsidentin ein paar eher persönliche Bemerkungen anfügen, außerhalb der Tagesordnung und als Deutscher, der er nun einmal sei, aber als deutscher Europäer, geboren 1954 in der Freien und Hansestadt Hamburg, nur wenig älter sei er als die Römischen Verträge. Von seinem ersten Besuch in Polen erzählte er den knapp hundert Tagungsteilnehmern, nicht von seiner Begegnung mit Tadeusz, aber von Warschau, und wie schön diese Stadt schon 1975 gewesen sei, wie sehr er, vor dreißig Jahren bereits, die Polen dafür bewundert habe, dass sie ihre von den Deutschen barbarisch zerstörte Hauptstadt so liebevoll wieder aufgebaut hätten. Und noch etwas habe ihn an Polen, dem Land wie den Leuten, stets erstaunt, sagte er in Bronisławów, dass man hier nämlich, wenn es hart auf hart komme, immer die Freiheit für wichtiger halte als die Sicherheit und die Ordnung. In Deutschland, nun ja, da wisse man vielleicht genauer, was ein rechter Winkel sei, aber man vergesse dafür gar zu leicht, was alles verloren gehe, wenn dem Streben nach Sicherheit und Ordnung mehr Raum gegeben werde als dem nach einem Leben in Freiheit.

Der starke Beifall für seine ebenso persönliche wie typisch deutsche Bemerkung zur Eröffnung der übersetzungswissenschaftlichen Tagung in Bronisławów tat Sottkowski gut, zumal auch Elli ihm mehrmals aufmunternd zunickte von ihrem Ehrenplatz in der Mitte der ersten Stuhlreihe. Ganz gelassen konnte er sich daher an den weiteren Diskussionen in den diversen tanslatorischen Arbeitsgruppen beteiligen. Er fand sogar Zeit und Mut für einen nächtlichen Flirt mit einem Breslauer Lexikographen, Mitte zwanzig war der und hatte ganz kurz geschorene Haare, fast eine Glatze. In den langen Mittagspausen machte Sottkowski mit polnischen Kollegen und mit Elefteria Kolposkidou Spaziergänge durch die heideartige Landschaft, wo es trotz des Schnees nach Kiefern roch und nach frisch geschnittenem Holz. Tief sog er die Luft da ein.

Auf der Rückfahrt sprachen sie kaum noch über Gommersbach und ihre Hochschulthemen. Elli erzählte ihm von ihrem Leben, ihrer Kindheit in Alexandria, wo sie bei den Borromäerinnen Deutsch gelernt hatte, bevor unter Nasser auch dort ethnisch homogene Verhältnisse geschaffen worden waren. Auch über Kavafis unterhielten sie sich, den Elli konsequent als *unseren Heimatdichter* bezeichnete, und über das hübsch bebilderte *Alexandria*-Lesebuch, das vor ein paar Jahren erschienen war. Doch, sie erinnere sich an die vier Gedichte aus dem Nachlass des Kavafis, die der Herausgeber, den sie noch von Zypern her kannte, an den Schluss dieses Bandes gerückt hatte, in deutscher Übersetzung. Nein, sagte Sottkowski, das seien keine Übersetzungen. Das seien Übersetzungen ohne Original, Pseudoübersetzungen, fiktive Translationen, Ossianismen. Sie solle diese vier Gedichte doch mal probeweise ins Griechische übersetzen, dann werde sie rasch merken, dass die nie und nimmer von ihrem *Heimatdichter* stammen könnten, auch nicht aus dessen Nachlass.

Bei dem Stichwort *Nachlass* geriet Elli in Rage. Skandalös sei das doch mit diesem Kavafis-Archiv in Athen. Das sei immer noch in Privatbesitz und ein homophober Narr entscheide dort, wer was zu sehen bekomme. *Verstaatlicht das Kavafis-Archiv!* Das müsste man dem Kerl mal an die Hauswand sprühen. Aber von Gommersbach aus könne sie in dieser fatalen Angelegenheit leider nicht viel bewegen, sie sei einfach zu weit weg vom Schuss. Und in der vorlesungsfreien Zeit, im August, könne man in Athen eh niemanden treffen, da seien die alle auf den Inseln, wegen der Hitze. Die ihr freilich gar nichts ausmache, weil sie ja aus Alexandria stamme, wo es noch viel heißer sei als in Athen.

Sie wolle auch irgendwann zurück, ans Mittelmeer. Nichts gegen die Hochschule und die Kollegen und die Studenten, und nichts auch gegen Gommersbach und die Pfalz. Aber es bleibe halt ein Kaff. *Ein globales Dorf ist das*, sagte Sottkowski und wollte Elli in Erinnerung rufen, aus wievielen Ländern ihre Studenten nach Gommersbach kommen, aus über neunzig nämlich. Aber sie ließ ihn nicht zu Wort kommen, wusste das ja auch selber. Nur dass ihr die Zeit davonlaufe, das sei das Problem, sie werde bald sechzig. Eine kleine Chance gebe es noch, aber davon solle er bitte den Kollegen nichts verraten. Sie habe aus Brüssel eine Anfrage bekommen, inoffiziell zwar, aber absolut verlässlich, ob sie immer noch bereit sei, das Amt der Gründungsdirektorin der neuen EU-Agentur zu übernehmen, dieser *Agentur für Institutionalisierten Multilingualismus*. Eine reine Forschungseinrichtung solle die AIML werden mit Kommunikationsexperten aus sämtlichen EU-Staaten. Das sei eine fantastische Sache, trotz dieses scheußlichen Namens, dieses Liebestöters *Institutionalisierter Multilingualismus*. Vielleicht falle Sottkowski da ja was Besseres ein, er habe doch einen Sinn für schöne Namen. Leider sei die Standortfrage noch nicht abschließend geklärt, nur dass die neue Agentur im östlichen Mittelmeer liegen werde, das sei festgelegt.

Die Griechen hätten Spinalonga ins Gespräch gebracht, diese wunderschöne kleine Insel vor der Nordküste Kretas, gleich bei Agios Nikolaos. Und die Aussicht sei zu verlockend, dort die letzten Arbeitsjahre zu verbringen, mit einer neuen Aufgabe zudem, noch einmal richtig durchstarten könne sie da. Italien habe dem Standort Spinalonga bereits zugestimmt, weil das eine alte venezianische Festung ist. Und Frankreich sei auch mit im Boot, wenn zwei Bedingungen erfüllt würden: Außer dem Englischen müsse Französisch Arbeitssprache der Agentur sein, und das Arabische müsse ein eigenes Referat bekommen mit Anbindung an das Sekretariat der Mittelmeerunion. Nun ja, warum nicht. Aber jetzt habe auch Malta, das sich als Sprecher der *less widely used languages*, der Modim-Sprachen, zu profilieren versuche, in Brüssel einen Vorschlag für den Sitz der Agentur unterbreitet, eine angeblich noch ganz intakte Malteser-Festung im Zentrum von Gozo. Richtig östlich sei das natürlich nicht, auch wenn die drei baltischen Staaten mit ihren fast ebenso *less widely used languages* das anders sähen. Aber die sollten mal bitte bei ihrer Ostsee bleiben und sich dort um anständige Kommunikationsverhältnisse mit ihren Nachbarn kümmern. Und aus Ankara böten die Türken – obwohl noch gar nicht EU-Mitglied! – eine seit Jahren leerstehende Hochschule auf den Prinzeninseln an. Eine typisch osmanische Unverfrorenheit sei das und darüber werde sie bei sich bietender Gelegenheit mit dem Ökumenischen Patriarchen plaudern müssen, im Phanar am Goldenen Horn in Konstantinopel. *Dann ist das ohnehin vom Tisch*, sagte sie zu Sottkowski und setzte wieder ihr Siegerlächeln auf.

Wie es denn um seine Zukunftspläne bestellt sei, fragte sie nach einer kurzen Gesprächspause. Für den Stellvertreterposten habe sie das Vorschlagsrecht, wobei natürlich auch wieder bestimmte Vorgaben zu beachten seien. Der Stellvertreter dürfe nicht aus einem Mittelmeeranrainerstaat kommen und auch nicht aus einem kleinen Land. *Also wirst du nach einem englischen Romanisten suchen müssen*, sagte Sottkowski und winkte ab. Ein Forschungssemester und regelmäßige Doktorandenkolloquien auf Spinalonga, das könne er sich schon vorstellen, aber aus Gommersbach weggehen, nein, das werde er nicht. *Also doch Dorftrottel statt Globetrotter?* sagte sie und schraubte dabei ihre Stimme ein wenig in die Höhe. *Lass es bitte sein, Elli*, sagte er und schaute aus dem Wagenfenster: noch 340 Kilometer bis Frankfurt, bis Frankfurt am Main.

Sie kam noch einmal auf Kavafis zu sprechen, auf den *Heimatdichter* und auf ihr Alexandria. Ein Seminar über ihn könnten sie doch mal zusammen machen, über den griechischen und über den deutschen Kavafis. *Ihr seid schließlich auch so Leute, die von vielen Winden gewaschen sind*, sagte sie zu Sottkowski. Und der war sich nicht sicher, ob sie damit auf seine Liebe zu Kavafis anspielen wollte oder eher doch auf seine Segelohren und auf seinen Blick. Aber darüber wollte Professor Sottkowski mit Elefteria Kolposkidou jetzt nicht sprechen, mit seiner Gommersbacher Präsidentin, die er Elli nennen musste, aber bei sich immer noch nur *Dikou* nannte, vorsichtshalber.

Kurz vor Mannheim erst, wo er sich an der Ecke Burgstraße/Seckenheimer Straße absetzen lassen wollte, fragte ihn Elli, was mit ihm eigentlich gewesen sei in der letzten Woche, was für eine Krankheit das war. Nur noch undeutlich erinnerte sich Sottkowski an das, was er am 30. Januar, vor genau zwei Wochen, an Ellis Sekretärin im Präsidialamt, an Heidi Kumpulainen, geschrieben hatte, als die ihm den Eingang seiner Krankmeldung bestätigt und in ihrer betulichen Art nachgefragt hatte, ob der schreckliche Grippevirus jetzt auch in Mannheim wüte und ob er jemanden habe, der sich um ihn kümmere, ihm Suppengrün hole und Salbeitee koche und das Zimmer lüfte. Ziemlich enerviert hatte er ins Präsidialamt zurückgemailt, dass er keinen Salbeitee brauche, dass er nicht erkältet und verschnupft sei und auch kein hohes Fieber habe. Er sei seelisch erkrankt. Und jeder müsse ja wohl einmal im Leben das Recht haben, ein paar Wochen lang durchgeknallt und zerspalten zu sein. Erst hatte er Heidi noch ihr Lieblingsgedicht in Erinnerung rufen wollen, *Fühlst du nicht an meinen Trieben, daß ich Eins und doppelt bin?* Aber das kam ihm dann doch unpassend kitschig vor und so beendete er die Mail einfach und zugleich förmlich *Mit krassen Krüßen aus Hullustan, Ihr Martin F. Sottkowski alias Sotter alias Flint von und zu Funkenstein.* Darauf hatte seine langjährige Vertraute und Duzfreundin in Dikous Gommersbacher Vorzimmer nicht mehr reagiert. – *Du weißt doch, was los war*, sagte er jetzt, am Ende ihrer polnischen Dienstfahrt zu seiner Präsidentin. Heidi habe es ihr doch gepetzt. *Und ist es vorbei jetzt?* fragte sie ihn. *Schaun wir mal*, sagte er und erklärte dem Fahrer den Weg von der Autobahnabfahrt zur Burgstraße.

Gommersbacher Dienstweg

Seit ein paar Jahren schon ging Sottkowski mit dem Gedanken um, einen Briefroman über seine Amtszeit als Präsident der Gommersbacher Hochschule für Übersetzen und Dolmetschen zu verfassen. Über die ersten beiden Romanbriefe ist er allerdings bisher nicht hinausgekommen. Denn, so fragte er sich wohl zu Recht, wer soll so etwas schon lesen wollen?

Sehr verehrte Frau Kollegin!

In einem Gespräch mit Dr. Wrobel vom Ministerium erfuhr ich zufällig, daß Sie, verehrte Frau Kollegin Kolposkidou, vor knapp zwei Wochen eine sog. *Vorabkopie* eines Briefes in Sachen Zusammenlegung Ihres Arbeitsbereichs mit dem Arbeitsbereich für Russische Sprache und Kultur an den Herrn Minister sowie an die Griechische Botschaft gesandt haben, unter Umgehung des Dienstweges. Denn das Original zu dieser sog. *Vorabkopie* hat das Präsidialamt leider noch immer nicht erreicht. Dass es mich u. U. vielleicht gar nicht hat erreichen sollen, wie Gerüchte an unserer Hochschule vor zwölf Tagen streuten, dem Tag, als wir gemeinsam zu Mittag aßen und Sie über Ihren Hexenschuss klagten, will ich nicht glauben. Ich muss Sie jedoch freundlichst ersuchen, mir das Original Ihres Schreibens an den Herrn Minister und an die Griechische Botschaft zwecks Abzeichnung umgehend zukommen zu lassen. Dankbar wäre ich Ihnen ferner für einen separat aufzusetzenden Hinweis an den Herrn Minister sowie an die Griechische Botschaft, dass es nicht mein Präsidialamt war, das die pünktliche und gewissenhafte Weiterleitung des Originals Ihres Schreibens an das Ministerium und an die Griechische Botschaft so lange hinausgezögert hat. Mein Ruf beim Herrn Minister ist seit der Affaire mit den Straßenhunden in Bukarest ruiniert genug, ich will bei ihm nicht auch noch als zwielichtiger Postbote aus dem Pfälzer Wald ins Gerede kommen. Bei künftigen offenkundig brandeiligen Schreiben an den Herrn Minister oder die Griechische Botschaft bitte ich Sie, verehrte Frau Kollegin Kolposkidou, zu erwägen, dass auch mein Präsidialamt ein ordentlich funktionierendes FAX-Gerät besitzt, von dem aus sich Vorabkopien trefflich expedieren lassen. Falls Ihre Sekretärin Heidi Kumpulainen sich also künftig eben die Treppe hinab in mein Vorzimmer bemühen könnte, wäre somit auch sichergestellt, dass das Original zügig jenen Weg aus ihrem Dienstzimmer in mein Dienstzimmer nimmt, den es doch gewiss auch in vorliegendem Fall hatte nehmen sollen. Über die beklagenswerten Unzuverlässigkeiten unserer Gommersbacher Hauspost wurde von Ihnen so oft und hingebungsvoll im Senat lamentiert, dass ich nicht annehmen darf, dass Sie oder Ihre Heidi Kumpulainen auf solchem Wege – *Bermuda-Dreieck* beliebten Sie das unlängst zu nennen! – wirklich eilige und wirklich wichtige Dinge zu befördern wagen würden. Sollten Sie den korrekten Dienstweg über meinen Schreibtisch bei Ihrer

Korrespondenz hingegen einmal für gar zu hinderlich halten, gibt es neben dem Telephon auch die Möglichkeit der Privatpost. Nur sollte in diesem Falle bitte nicht der irrige Eindruck erzeugt werden, dass der Präsident Ihrer Hochschule bereits korrekt informiert worden sei. Es ist mir nicht angenehm, verehrte Frau Kollegin Kolposkidou, Ihnen solch triste Zeilen schreiben und solch einfältige Bitten vortragen zu müssen. Dennoch: Nichts für ungut! Mit kollegialen Grüßen und mit guten Wünschen für Ihre Dienstreise nach Athen! Und bleiben Sie jetzt bitte gesund, aufrecht und gerade! Ihr Universitäts-Professor Dr. Dr. h. c. Sottkowski, Präsident der Hochschule für Übersetzen und Dolmetschen. – – – Kopien: 1. Ministerium für Bildung, Forschung, Frauen und Weiterbildung; 2. Griechische Botschaft, Berlin; 3. Senatsmitglieder; 4. Deutscher Akademischer Austauschdienst, Bonn, Referat 411: Mittelmeeranrainerstaaten.

Verehrter Herr Präsident und Dr. Dr. h. c.! Lieber Kollege Sottkowski!

Als Sie mich vor einigen Jahren in meinem neuen Amt als Leiterin des Arbeitsbereichs Griechische Sprache und Kultur zu begrüßen hatten, waren Sie so freundlich zu versprechen, in Bälde zumindest passive Kenntnisse auch des Neugriechischen erwerben zu wollen. Wie weit Sie es darin inzwischen gebracht haben, verehrter Herr Präsident, entzieht sich meiner Kenntnis. Aber vielleicht sind Sie doch schon bis zu jener Wendung vorgedrungen, mit der ich nicht erst seit heute an Sie denke, wenn ich an Sie denken muss: *makriá ke agapiménoi!* Fahren Sie wohl! Gezeichnet Elefteria Kolposkidou (nach Diktat abgereist). – – –

(Handschriftlicher Zusatz mit Bleistift:) *Rakas toveri! Musste das jetzt wieder sein? Terv. Heidi Kumpulainen.*

Neonomadismus

Ob Sottkowski in Köln auch Theologie oder Vergleichende Religionswissenschaft studierte habe, hatte ihn Elefteria Kolposkidou auf ihrer Fahrt nach Polen gefragt, als sie auf die unterschiedlichen Nikolaus-Darstellungen in West- und Osteuropa, im römisch-katholischen bzw. griechisch-orthodox geprägten Europa zu sprechen gekommen waren und auf die Mischformen dieser Nikolaus-Bildnisse, die sich auf den Kreuzfahrerikonen des Katharinenklosters finden lassen. Aber Sottkowski hatte weder Theologie noch Vergleichende Religionswissenschaft studiert, nicht einmal Kunstgeschichte, weil er dafür auch noch Italienisch hätte lernen müssen. Er tat sich als Student schon schwer genug mit der Skandinavistik und dem Russischen, das er zumindest passiv beherrschen musste, um die Fachliteratur und die Quellentexte in seinem Nebenfach Osteuropäische Geschichte lesen zu können, das Testament Ivans des IV. oder den sowjetisch-afghanischen Freundschaftsvertrag von 1930 oder die offizielle in spätbyzantinischem Duktus formulierte Verlautbarung über das Ableben Leonid Breschnjews.

Solche Sorgen haben die jungen Leute im neuen Bachelor-Master-System nicht mehr, hatte Elli gespottet. In diesem neuen Dörrobst-Studium dürfe man eh nicht mehr drei verschiedene Fächer gleichzeitig belegen. Das habe sie bei den deutschen Absolventen bisher so faszinierend gefunden, dass die allein schon durch ihre drei Fächer im traditionellen Magisterstudiengang zu fundiert interdisziplinärem Arbeiten und Denken gelangt seien, wie von selbst. Aber damit sei es in den jetzt angebrochenen BAMA-Zeiten vorbei. Ein Skandal sei es, dass über diese blindwütige Zerstörung des deutschen Bildungswesens in keinem deutschen Parlament, keinem Bundestag, keinem Landtag, keinem Bundesrat auch nur eine einzige nennenswerte politische Debatte geführt worden sei. Unfassbar finde sie das. Dieser sogenannte Bologna-Prozess sei doch absolut undurchschaubar. Ob er ihr mal bitte präzise erklären könne, was das überhaupt sei, dieser *Prozess*, wer den wann und wie und in wessen Auftrag angestoßen habe und wer den inzwischen steuere. Was das mit Demokratie noch zu tun habe, wenn eine vom neoliberalen Bazillus infizierte reformfanatische Bildungsbürokratie ein seit zweihundert Jahren bewährtes System zerschschmettern dürfe, ohne dass die für Bildungsfragen verantwortlichen Politiker das überhaupt mitbekämen.

Um das zu verstehen, sagte Sottkowski, müsse man wohl Luhmanns Systemtheorie heranziehen oder sich gleich bei einem Biologen nach den Lemmingen erkundigen. Mit der Berliner Demokratie sei das inzwischen allerdings so eine Sache, da habe sie schon recht. In Deutschland verschiebe sich das massiv in Richtung Elitokratie, anders als in Polen übrigens, wo *Radio Maria* nicht gerade von der Elite gehört werde. Und das Problem sei, dass diese Elitokratie eben nicht in den Parteien und Parlamenten sitze, dafür seien die sich zu schade.

Aber er sehe die Bachelor-Master-Sache auch ein wenig anders als Elli, denn dieses humboldtsche System mit seinem faszinierenden Bildungsgedanken sei doch vor zweihundert Jahren in einer Zeit entstanden, als nur sehr sehr wenige junge Leute an eine Universität gingen, Leute zumal, die meist aus finanziell sichersten Verhältnissen kamen. Heute sei man bei der Hälfte eines Jahrgangs, die einen Hochschulabschluss erwerben solle. Da funktioniere solch autonomes Vor-sich-Hinbilden à la Humboldt einfach nicht mehr. Man könne auch nicht die Hälfte eines Jahrgangs zu Führungskräften ausbilden, irgendjemand müsse schließlich auch noch geführt werden. Seine Studenten hätten sich auf die neuen Verhältnisse längst eingestellt, die wüssten alle, dass ihnen mit einem noch so guten Abschluss nicht mehr solche Stellen und Gehälter winkten, wie das vor dreißig Jahren üblich gewesen sei. Das sei alles und eben auch bei den Gehältern eine oder sogar zwei Etagen nach unten gerutscht. Und in dieser Abwärtsspirale suchten die jungen Leute jetzt irgendwo Halt und sähen eben eine Chance darin, dass man ihnen auch in unseren geisteswissenschaftlichen Studiengängen zumindest eine halbwegs klare Berufsperspektive aufzeige, die es in anderen Studiengängen doch eh immer gegeben habe, bei Juristen, Medizinern, Ingenieuren, in der Lehrerausbildung. Auch unsere Studenten, sagte er, wollten einfach konkret wissen, wie sie von ihrem erworbenen Wissen einmal würden leben können. Mit *Papa zahlt* sei es bei den meisten vorbei und bei seinen ausländischen Studenten habe es das eh kaum gegeben, viele würden sogar noch regelmäßig Geld nach Hause schicken, von dem, was sie in ihren Jobs neben dem Studium verdienten. Am schlimmsten gehe es in Deutschland allerdings ganz unten zu, wo man nicht mehr weiterrutschen könne. Da herrsche die absolute Misere und kein Bildungspolitiker traue sich da ran.

Aber er müsse doch auch auf die Verlustkonten schauen, beharrte Elli, auf das, was der deutschen Gesellschaft insgesamt an Potenzial jetzt geraubt werde, wenn alle nur noch durch diese neuen Studiengangsröhren gequetscht würden, durch diese BAMA-Durchlauferhitzer. Was sei mit den jungen Leuten, die das doppelte Futter brauchten? Aus denen doch auch der künftige Nachwuchs an Forschern und Wissenschaftlern sich rekrutieren müsste? Das würden dann auch alles Schmalspurheinis, die nur ihr eigenes Mini-Fach überschauten, wenn überhaupt. Keiner werde mehr über den Tellerrand blicken können und in umfassenderen Perspektiven die Dinge analysieren und kontextualisieren können.

Genau darum geht es ja bei der sogenannten Reform, würde Luhmann vermutlich antworten, sagte Sottkowski. Sie als Hochschullehrer würden eh nicht gefragt. Dem stimmte Elli zu: *Wir exekutieren nur, was uns von oben vorgegeben wird.* Wir lassen uns zumüllen mit tausend Detailfragen über Module und Kreditpunkte und Anwesenheitskontrollen, während das Entscheidende völlig ohne unser Mittun festgezurrt würde, von Leuten, die nicht einmal ein Gesicht haben oder eine Telefonnummer. Freiheit der Lehre und Forschung, das sei doch ein Hohn inzwischen. Was an Lehre könnten sich die Studenten denn noch aussuchen und wo bliebe die Forschung bei dieser ständigen Abprüferei von allem und jedem und dem Prüfungsdatenverwaltungswust, den sie auch an ihrer eigenen Hochschule jetzt installieren müssten? Dafür gebe es natürlich auch wieder neue Stellen, noch ein paar beschlipste Sesselpupser und im Gegenzug dürfen wir ein paar Stellen bei der Lehre und Forschung streichen. Kostenneutral müsse die Reform bleiben, unter allen Umständen, habe man ihr im Ministerium eingeschärft. Und jetzt zerrte Elli ziemlich heftig und sogar mit beiden Händen an ihren langen Haarsträhnen.

Das sei ja alles richtig, sagte Sottkowski, aber man müsse jetzt das Beste draus machen, aus diesem Schlimmen, und die Widerhaken dort anbringen, wo man selbst noch das Sagen habe, sprich in den eigenen Lehrveranstaltungen. *Da reden sie uns nicht rein, in das, was wir mit den Studenten selbst bereden, da haben wir doch noch unsere Freiheit.*

Ob sie also, unterbrach Elli ihren Kollegen, mit seiner Unterstützung rechnen könne, wenn sie dem Senat auf der nächsten Sitzung die ersatzlose Streichung von drei Viertel aller Modulteilprüfungen vorschlagen werde? – *Die Hälfte*, sagte Sottkowski, *das kannst du*, und fuhr dann fort: *Das Denken in größeren Zusamenhängen, das müssen wir in unsere Veranstaltungen selbst hineinnehmen, also stärker thematologisch arbeiten, nicht über ein einzelnes kanonisiertes Werk oder einen Autor oder eine Gattung nur reden, sondern das jeweils mit aktuellen Diskursen verknüpfen.* Er mache damit gute Erfahrungen, etwa in seinem Seminar zum Thema Grenze, das im letzten Semester ganz toll gelaufen sei, mit Bildern, Reportagen, Landkarten, Gesetzestexten wie dem Schengenabkommen und mit einigen literarischen Texten natürlich auch. Viele Studenten hätten ganz hervorragende Essays geschrieben und in den Seminarsitzungen über ihre je eigenen Erfahrungen mit Grenzen berichtet, mit Kontrollen an der mexikanisch-amerikanischen Grenze, an den Checkpoints in Palästina, in einem Zug zwischen Grodno und Vilnius, mit kulturellen Grenzen, mit Grenzräumen als Orten der Begegnung und des Austausches, mit individuellen Grenzerfahrungen beim Bungee-Springen oder Rauschgiftnehmen. Sehr lebendige Diskussionen habe es da gegeben, auch über linguistische und sogar etymologische Fragen nach der Herkunft der die Grenze bezeichnenden Wörter und Metaphern in den einzelnen Muttersprachen der Studenten, sowie über den Wandel der mit Grenzziehungen verbundenen Identitäten.

Eine Studentin aus Minsk zum Beispiel habe gesagt, dass sie ihren Pass lieber heute als morgen gegen einen Mitarbeiterausweis von Nokia, IBM oder SAP eintauschen würde, der würde ihr mehr Mobilität verschaffen als ihr zu gar nichts guter weißrussischer Pass, den würde ihr nicht mal mehr die Mafia abkaufen. Von da aus seien sie auf das Phänomen der Migration, des Endes der Sesshaftigkeit und das der postnationalen Identitäten gekommen. Ungeheuer spannend sei so etwas und die Studenten seien dann auch bereit, sich mal auf etwas härtere theoretische Kost einzulassen, auf einen Text von Georg Simmel oder Homi K. Bhabha sogar.

Man dürfe die jungen Leute nicht ohne jeden Bezug zu ihrer eigenen Erfahrungswelt einfach ans theoretische Hochreck hängen, sagte Sottkowski, und sie dort dann herumzappeln lassen, wie das der verehrte Kollege Zahldorf so gerne mache. Den er ja als verlässlichen Selberdenker durchaus bewundere, aber der picke sich dann seine angehenden Eierköpfe zusammen und sie dürften sich mit dem mehr oder minder trüben Rest abmühen. *Auch wieder so ein Beispiel für Elitokratie*, pflichtete Elli ihm bei, und Zahldorfs Hemden seien ja wirklich immer vom Allerfeinsten, die kaufe er stets in Düsseldorf auf der Königsallee, habe er ihr verraten. Nur die Arroganz dieses Kollegen Zahldorf sei auch ihr oft wirklich unerträglich. Wie er neulich über die Schulze-Blattau hergefallen sei, als die im Forschungskolloquium ihre Arbeit zu den Translationsperspektiven der rätoromanischen Dialekte vorgestellt und er ihr ganz scheinheilig geraten habe, bei der DFG ein Projekt zu beantragen, für das er auch schon einen Namen wisse: *Aroforz*, Alpenromanisches Forschungszentrum. Die arme Schulze-Blattau habe sich von dem Gewieher der Kollegen immer noch nicht erholt und es sei nicht sicher, ob die mit ihrem Habilitationsvorhaben überhaupt noch weitermachen werde. Sottkowski solle doch bitte mal mit Zahldorf reden, dass der solchen

Mist unterlassen solle, dieses Abschlachten unserer besten Gommersbacher Nachwuchskräfte.

Aber was er selbst da mit seinen Studenten treibe, sagte Elli, das sei ja wohl purer Anti-Zahldorf. Nur klinge ihr das dann schon arg nach Feuilleton, nach zu großer Beliebigkeit. Wo da eigentlich die Wissenschaft bleibe? *Du kannst doch deine Studenten nicht immer nur von einem Thema zum anderen hüpfen lassen.* Nein, sagte er, das gehe oft durchaus in die Tiefe. Über Sascha Andersons Gedicht, dieses *geh über die grenze / auf der anderen seite / steht ein mann und sagt: / geh über die grenze / auf der anderen seite / steht ein mann und sagt: / geh über die grenze*, über dieses primitive Gedichtchen also hätten sie eine ganze Sitzung lang diskutiert, über die Frage, ob ich den anderen, die Grenze, den Feind auch, nicht sogar brauche, um überhaupt spüren zu können, wer ich selbst bin und wo ich eigentlich hingehöre. Und er sei sich sicher, dass nicht nur *ein* Student im Anschluss an diese Diskussion sogar den im Seminarapparat hinterlegten Aufsatz über limitische Strukturen gründlich durchgeackert habe. Von einem zumindest könne er das mit Bestimmtheit sagen, weil er für seine Hausarbeit Passagen aus diesem Aufsatz übernommen hatte, ohne Quellenangabe leider.

Auch über die Wurzel-Metapher hätten sie lange diskutiert, über diese uns ganz in Fleisch und Blut eingegangene Vorstellung, dass wir in einer Kultur verwurzelt sein müssten, dass das unserer Natur entspräche. Aber wenn man dieses Bild einmal genauer anschaue, dann besage es doch auch, dass das Sich-Bewegen, das Fortgehen, etwas durch und durch Unnatürliches sei, etwas tödlich Gefährliches sogar. Wenn die Wurzeln gekappt werden, dann sterbe der Baum. Aber ob der Mensch ein Baum sei und unsere Gesellschaften Wälder, das sei ja wohl nicht so eindeutig. Und viele Studenten kamen dann schon zu der Auffassung, dass es in dieser Epoche des Neonomadismus solche sprachlichen Bilder selbst sein könnten, die unsere Vorstellungen zementierten, uns – obwohl sie ganz harmlos klingen mögen – das ins Offene lockende Denken verklebten. Nur dass sich da oft ein ähnliches Problem wie bei den neuen Studiengängen insgesamt stelle, dass viele Studenten es eben auch nicht so gern sähen, neben den fremden Sprachen auch noch das Denken lernen zu sollen. Ja, sagte Elli, ich kenne dein Mantra: *Es hat keinen Sinn, fünf Sprachen zu sprechen, wenn man in keiner etwas zu sagen hat.*

Die Dolmetschstudenten hätten sich neulich bitter bei ihr beklagt, dass er auf den Mittwochskonferenzen immer wieder solche Sentenzen benutze, die sich gar nicht richtig dolmetschen ließen. Er solle mal auf der Hut sein, dass seine Internet-Werte bei *Mein-Prof.de* nicht noch tiefer in den Keller rutschten. Und nun setzte sie nicht ihr Siegergrinsen auf, sondern ein richtig herzliches, fast stolzes Lächeln. – *Tja, so ist das halt*, sagte Sottkowski, *wenn man selbst nur seine eigene Sprache halbwegs richtig beherrscht.*

Elli nutzte die Chance, um ihn endlich einmal ganz im Ernst zu fragen, wie er das eigentlich geschafft habe. *Du bist im Gymnasium zweimal sitzen geblieben und Pro-*

fessor geworden. Du kannst keine einzige Fremdsprache richtig, nicht einmal Finnisch, und hast die Verantwortung bekommen für die universitäre Übersetzer- und Dolmetscher-Ausbildung von tausend Leuten aus neunzig Ländern. Irgendetwas könne da doch nicht mit rechten Dingen zugegangen sein. Aber Sottkowski hatte kein Interesse an diesem typisch griechischen Fakelaki-Thema und er hatte auch keine Lust, seiner Hochschulpräsidentin noch mehr aus seinem früheren Leben in Finnland zu erzählen, als die Sekretärin Heidi Kumpulainen ihrer Chefin ohnehin schon verraten hatte.

Sie schwiegen eine Weile, bis Elli noch einen zweiten Versuch unternahm. Warum sich Brombers Sekretärin, diese Waltraud Köhler, eigentlich auf den neuen polnischen Hausmeister eingelassen habe, wollte sie wissen, dieser Przemek sei doch kaum jünger als die Köhler selbst. – *Aber er hat ein Auto,* sagte Sottkowski. *Verstehe,* sagte Elefteria, *dem Bromber haben sie den Führerschein weggenommen.* Und dann schauten sie wieder ein Weilchen hinaus auf die verschneite Landschaft vor Łódź.

Sankt Martin

Für Martin Forstner

Ellis Frage nach der Theologie brachte ihn beim Dösen auf ihrer Weiterfahrt Richtung Warschau dazu, sich an die Anfänge seiner akademischen Beschäftigung mit diesen Fragen zu erinnern. Das war jedenfalls lange vor dem derzeitigen Boom, vor dieser massiven Rückkehr des Religiösen in das Mediengedudel und die öffentlichen Diskurse. Das wollte er vor sich selbst schon festgehalten wissen. 1997, in seinem vierten Gommersbacher Jahr, hatte er im Auftrag des DAAD, des Deutschen Akademischen Austauschdienstes, einen Weiterbildungskurs für Hochschulgermanisten aus Nicht-EU-Staaten organisiert, für Dozenten des Faches Deutsche Philologie, die an ihren Heimatinstitutionen Studienangebote im Bereich Übersetzen entwickeln wollten. Weil weltweit das Fach, die Deutsche Philologie, ins Strudeln geraten ist. Das Deutsch-Lernen an den Schulen geht rapide zurück, Englisch genügt in immer mehr Ländern, und so braucht man für das Deutsche keine Lehrerausbildung mehr, mit der die Auslandsgermanistik bisher vorwiegend beschäftigt war. Und wenn die Institute überleben wollen, dann müssen sie sich neue Aufgaben suchen, um Studenten auf andere Berufe als den des Lehrers vorzubereiten, auf Berufe im Bereich Wirtschaft, Tourismus, Kommunikation. Regelmäßig fällt dann der Blick auf das

Übersetzen und Dolmetschen, denn da gibt es auch für das Deutsche großen Bedarf, der wächst sogar, je weniger Leute Deutsch können. Den ausländischen Kollegen fiel das natürlich oft schwer, sich von der Beschäftigung mit Goethe oder Grass nun auf die Übersetzung deutscher Bedienungsanleitungen umzustellen. Sottkowski hatte sich für diesen Weiterbildungskurs für die aus allen möglichen Ländern angereisten Kollegen daher vorgenommen, auch das Thema Kultur und Literatur nicht ganz in die Ecke zu schieben, sondern zu zeigen, dass das auch für den Bereich Translation durchaus noch wichtig und ergiebig sein könnte.

Kultur und Translation nannte er die Veranstaltung, auf der er am Beispiel von Ilse Aichingers Gedicht *Nachruf* erklären wollte, was die Translatologin Christiane Nord und die Funktionalistik-Schule der Translationswissenschaft mit ihrem Diktum eigentlich meint: *Nicht die Sprache ist das Problem, sondern die Kultur*. Denn die einzelnen Wörter des Gedichts bildeten ja kein Verständnisproblem, erläuterte der Herr Professor Sottkowski, weder für Muttersprachler noch für Rezipienten aus fernsten Ländern, so sie nur ein wenig Deutsch gelernt hätten, nicht einmal das PNdS-Niveau brauche man dafür: *Gib mir den Mantel, Martin, / aber geh erst vom Sattel / und laß dein Schwert, wo es ist, / gib mir den ganzen.* Aber, so hatte er seinen ausländischen Kollegen zu erklären versucht, man müsse die Kultur schon etwas genauer kennen, um über die Isotopiekette *Mantel – Martin – Sattel – Schwert* die Anspielung der Dichterin auf die Martinslegende erkennen zu können, sonst käme man nicht hinter den Sinn des kleinen sprachlichen Kunstwerks.

Bei dem Wörtchen *Sinn* hatten ein paar Zuhörer zwar den Blick an die Hörsaaldecke gerichtet, vermutlich waren das jene, die bei Professor Zahldorf das Spezialseminar über *Translation und Dekonstruktion* belegt hatten, aber Sottkowski blieb stur. Wie denn bitteschön solle man als chinesischer oder arabischer Übersetzer Aichingers Gedicht richtig verstehen und seine einzelnen Wörter und Sätze äquivalent übersetzen können, wenn man von der Martinslegende noch niemals gehört habe? Beim Wort *äquivalent* rutschte einigen frisch getauften Zahldorf-Jüngern schon wieder der Blick Richtung oben.

Weil manchen Kollegen diese Martinslegende kaum vertraut sein konnte, vor allem denen aus nicht christlich geprägten Kulturen, hatte Sottkowski eine Folie mitgebracht, die er den Kursteilnehmern zeigte, das Rottenburger Bild von 1440: ein Christus als Gottvater, ohne Dornenkrone, auf einer Wolke, der in seiner Hand das Ende des Mantels hält, dessen anderes schon in der Hand eines auf seinen Beinstümpfen kriechenden Bettlers liegt. In der Mitte des Bildes reitet auf einem Schimmel Sankt Martin, der seinen Mantel mit dem Schwert teilt. Und Christus sagt zu Martin, als dem die Szene in der kommenden Nacht noch einmal im Traum erscheint: *Was du dem Geringsten getan hast, das hast du mir getan.*

Darüber also dozierte Sottkowski vor den Kursteilnehmern an der Hochschule für Übersetzen und Dolmetschen an einem Freitagnachmittag, mitten im

Sommer, bei 36 Grad Hitze im Hörsaal. Er belehrte sein schwitzendes Auditorium über die Martinsbräuche in Deutschland, hier in der Pfalz, über die Martinsgans und die winterlichen Kinderumzüge mit den Laternen und über die Lieder, die im Kindergarten im November gelernt und gesungen werden: *Teilen, teilen, das macht Spaß, / wenn man teilt, hat jeder was. / Eins und zwei und drei und vier, / komm nur her, ich teil mit dir!* Von dort aus war Sottkowski auf die Standardisierungen bestimmter kultureller Normen abgeschweift, die unseren Gesellschaften von Natur aus keineswegs mitgegeben seien, sondern die man erlernen müsse, als Teil des fremden kulturellen Systems. Und schließlich hatte er auf Nietzsche verwiesen und den sich auf ihn, wenn auch vielleicht zu Unrecht, berufenden Sozialdarwinismus und auf die Frage, was eine Gesellschaft eigentlich dazu veranlassen könne, sich in ihren Normen gegen das Naturgesetz vom Recht des Stärkeren zu entscheiden, gegen das Naturprinzip vom *survival of the fittest*.

Ziemlich still war es im Hörsaal geworden und kein einziger Blick schien ihm mehr sonstwohin abzuschweifen, als er von dem Bettler der Martinslegende auf die Obdachlosen, die Alten, die körperlich und geistig Behinderten, die Ausländer, die Zigeuner, die existentiellen und intentionellen Außenseiter, wie sie Hans Mayer in seiner immer noch sehr lesenswerten Studie von 1975 charakterisiert habe, die Fremden und Anderen ganz generell zu sprechen kam, auch auf die Skinheads und auf die scheußlichen historischen Erinnerungen, die in

Deutschland und seinen Nachbarländern, vor allem denen im Osten, für immer mit dem Thema *Untermensch*, dem Antonym doch wohl zu Nietzsches *Übermensch*, verknüpft seien und gewiss noch lange verknüpft bleiben müssten.

Dann stellten die Ausländer dem Herrn Professor ihre Fragen. Eine chinesische Germanistin aus Peking wollte Genaueres über die Gans hören, was die mit Aichingers Gedicht eigentlich zu tun habe. Eine Ukrainerin fragte, warum der pfälzer Weinort Sankt Martin nach dem Heiligen mit dem Mantel benannt sei, und ein junger Kollege aus Tartu meinte, dass es für so etwas Abseitiges wie moderne deutsche Lyrik in seinem Heimatland keine Leser gebe und man den aus seiner Sicht völlig belanglosen Text daher als Translator ohnehin vergessen könne. Ob der Professor mit ihnen nicht etwas praxisrelevantere Beispiele besprechen könnte, etwa aus dem Bereich der Software-Lokalisierung oder der Translation-Memory-Tools.

Nach dem Esten meldete sich ein älterer, etwas fülliger Araber, mit wulstigen Lippen und mit jenem orientalischen Schlafzimmerblick, der Sottkowski irgendwie zuwider war. Wenn er nichts sagte und einfach nur lächelte, sah man die unteren Schneidezähne, auch das gefiel Sottkowski nicht. Jedenfalls fragte der Araber, der sein Deutsch noch am Herder-Institut in Leipzig gelernt hatte, als PLO-Stipendiat, ob der Herr Professor, dessen Engagement für eine gerechtere Welt er durchaus zu schätzen wisse, bei seiner Aufzählung all der Untermenschen, die Hitler beseitigen ließ, mit Bedacht auf die Nennung der Israelis verzichtet habe.

Sottkowski bedankte sich für die Frage und startete einen längeren Exkurs über die völlig unzulässige Gleichsetzung von Juden und Israelis sowie über den aktuellen deutschen Israel-Diskurs im Schatten des Dritten Reiches. Auch auf die noch nicht abgeschlossene Diskussion um das für die neue Berliner Mitte geplante Holocaust-Memorial verwies er und ermunterte die Kursteilnehmer, in der deutschen Tagespresse diese Debatte zu verfolgen, um so auch ein Stückchen demokratisch-deutscher Meinungsbildungsprozesse live mitzuverfolgen.

Aber der Araber war mit Sottkowskis Antwort nicht zufrieden. Er setzte noch einmal an und blieb dabei zunächst durchaus bedächtig. Die von Deutschen bei Besuchen in seiner Heimat oft zu hörende Charakterisierung der Palästinenser als Opfer der Opfer klinge in seinen Ohren ziemlich fatal, sagte er. Denn rechtfertige damit Deutschland nicht und via Deutschland die ganze Europäische Union, und das meine er jetzt wirklich als Frage, die brutale Fremdherrschaft der Israelis in den okkupierten Gebieten, auch wenn man Arafat jetzt in seine Heimat habe zurückkehren lassen. Aber der sei doch ein pures Werkzeug in den Händen der Zionisten, sagte der Araber. Das sei, auch wenn man das in Europa nicht kapieren wolle, wie damals in Frankreich unter Hitler. Ein Vichy-Regime lasse man Arafat in Jericho und in Ramallah und im Gaza-Streifen errichten. Kein Europäer jedoch frage mehr, das zumindest nehme er so wahr bei der Lektüre deutscher Presseerzeugnisse, warum eigentlich die Palästinenser und mit ihnen die ganze arabische Nation von Marokko bis in den Irak, für das büßen sollten, was die Europäer mit ihren ungeliebten Juden gemacht hätten. Es gehe gar nicht nur um die Deutschen, auch wenn die sich das gerne selbst einredeten, wie das vom Herrn Professor erwähnte Beispiel mit dem Berliner Riesenmahnmal ja überdeutlich zeige. So etwas erinnere ihn, *Pardon* sagte er, an Kaiser Wilhelm und den deutschen Größenwahn von annodunnemal. Die arabische Welt werde gewiss nicht an Deutschlands Schuld genesen, wenn er das mal so sagen dürfe. Aber das infantile, und er benutzte dieses Wort tatsächlich, das infantile Loblied auf die Wohltaten des Teilens seien in jenem Teil der Welt noch nicht angekommen, in dem Europa seinen zionistischen Vasallenstaat installiert hätte, im Zeichen des Imperialismus und des Kolonialismus. Mit Holocaust und Völkermord habe das alles überhaupt nichts zu tun. *Hitler war doch kein Araber*, sagte der Araber, und dass sie es leid seien, so behandelt zu werden, als sei er einer gewesen. Herzls Buch über den Judenstaat, das der Herr Professor doch wohl gelesen habe, sei 1896, vor neunundneunzig Jahren, geschrieben worden, und nicht erst vor fünfzig. *Das ist doch die Wahrheit! Das sind doch die Fakten!* rief er den anderen im Stufenhörsaal zu. 78 Prozent, und bei diesen Zahlen wurde er noch lauter, 78 Prozent des historischen Palästina hätten die Europäer für ihre europäischen Juden seinem Volk einfach weggenommen und von den restlichen 22 Prozent wollten sie auch nicht lassen, auch wenn sie noch so oft das Gegenteil versprächen. Das werde der *Rais* Arafat ebenfalls noch bemerken, und vermutlich schneller als ihm lieb sein dürfte, in seinem idyllischen Jericho da unten am Toten Meer.

Erst hier gelang es Sottkowski endlich, den älteren Kollegen zu unterbrechen, mit dem Hinweis, dass das alles gewiss und ganz ohne Frage hoch interessant sei, aber vom Thema dieses Nachmittags und seiner Vorlesung deutlich zu weit wegführe, vom Thema nämlich *Kultur und Translation*. Für das habe er das Aichinger-Gedicht ja nur als anschauliches Beispiel vorgeführt, um ihnen an einem sprachlich möglichst simplen Text zu demonstrieren, dass nicht die Sprache, sondern eben die Kultur das größte Hemmnis unserer interkulturellen Völkerverständigung sei und somit auch für das Verstehen und das Übersetzen, für die Translation, *wie wir das jetzt wissenschaftlich korrekt nennen wollen*.

Beim Begriff bzw. Wort *Translation* sah Sottkowski die Chance, zu Sankt Martin zurückzukehren, indem er auf die alte Bedeutung und Verwendung dieses lateinischen und keineswegs englisch auszusprechenden Terminus zu sprechen kam, auf die Überführung der sterblichen Überreste eines Heiligen, etwa des Heiligen Nikolaus, den Seeräuber aus Bari einst aus Myra in Kleinasien gestohlen und dann nach Bari im Süden Italiens gebracht hätten. Wo noch heute bei einer See- und Schiffsprozession jedes Jahr dieser Translation gedacht werde, er selbst habe das einmal miterlebt, dort unten im südländisch heiteren Bari, Anfang Mai müsse das gewesen sein.

Doch da meldete sich noch einmal die Ukrainerin und sagte, dass sie das mit Nikolaus und den Seeräubern nicht genau mitbekommen habe. Denn es seien doch, so wisse sie das aus ihrer Heimatstadt Kiew, fromme Männer und keineswegs Piraten gewesen, die den großen Heiligen aus Myra gerettet hätten, aus durchaus berechtigter Furcht vor den drohenden türkischen Angriffen und den mohammedanischen Reliquienschändungen. In Kiew habe man ihr von dem jahrhundertelangen blutigen und kulturtötenden Türkenjoch erzählt, das doch dazu geführt habe, dass bei den Griechen, Bulgaren und bei den Serben sogar soviel kostbares Kirchenwissen verloren gegangen sei. Man dürfe doch nicht vergessen, dass der größte Teil Griechenlands bis 1913 rein türkisch gewesen sei, mit allem Scheußlichen, was dazu gehöre. Nur in Kiew und von dort aus in Moskau, dem dritten Rom, habe dieses kostbare Wissen der hochheiligen Kirchenväter bewahrt werden können. Man müsse sich doch nur die blasphemischen Ikonen-Darstellungen eines Heiligen mit einem Hundekopf anschauen, die sie letztes Jahr bei einem Besuch in Athen, an einem Kiosk in der Plaka, direkt vor der ebenfalls unter den Türken in die Luft gejagten Akropolis, gesehen habe, auf einer Postkarte, da wisse man doch, was die Türken alles angerichtet hätten. Zu einem heidnischen Barbarenkult hätten die Türken das Christentum in ihrem Herrschaftsraum herabgewürdigt, jahrhundertelang. Und aus solchem Feindesland hätten sich die Deutschen auch noch millionenfach ihre Fremdarbeiter geholt, ein Hohn sei das doch. Aber Bari sei immer noch byzantinisch und absolut rechtgläubig gewesen, als die Translation der kostbaren Gebeine des heiligen Nikolaus erfolgt sei. Auch deshalb schon könne sie die Formulierung mit dem Raub nicht hinnehmen, bei allem Respekt vor dem Herrn Professor. Gerettet habe man den Heiligen und seine heiligen Gebeine, in höchster Gefahr gerettet vor ihrer Schändung durch türkisch-mohammedanische Barbaren. Nun wurde auch sie recht laut: Ob die deutschen Christen – und jetzt war es an Sottkowski, den Blick nach oben zu verdrehen – denn noch nie von dem Heiligen Savva von Serbien mit der dreihändigen Muttergottesikone gehört hätten? Auf Geheiß des sadistischen Sinan-Pascha wurde der Leichnam dieses großen Nationalheiligen 1520 öffentlich verbrannt, und die Erinnerung an diesen Schrecken schmerze jeden wahrhaft Rechtgläubigen heute noch.

Sottkowski wurde es zunehmend mulmig in dem sommerlich heißen Stufenhörsaal. Er verschanzte sich wieder hinter seinem Pult, bog sich das Mikrofon vor den Mund und kehrte energisch zu Aichingers kleinem Text zurück, den sie alle jetzt wohl doch ein wenig besser verstünden als zuvor, auch den doppeldeutigen Titel *Nachruf*, desen Doppeldeutigkeit für jeden Übersetzer eine harte Nuß darstellen dürfte. Aber völlig einverstanden war er, so nahm Sottkowski seinen Faden noch einmal auf, mit Ilse Aichingers Gedicht keineswegs, denn wie hätte jener Martin von Tours seinen ganzen Mantel eigentlich hergeben sollen? Er hatte nämlich, folge man der Original-Legende, der *legenda aurea*, schon all seinen

Besitz an die Armen weggeschenkt, er besaß nur noch dieses eine Kleidungsstück, und das teilte er nun ebenfalls noch mit dem Bettler. Die Aichinger entradikalisiere also die kräftige alte Legende. Sie tue so, als spiele sich die Szene in der Weihnachtszeit in der Fußgängerzone von Karlsruhe oder Mannheim ab, wo ein unzufriedener deutscher Sozialhilfe-Empfänger, und da gingen wieder einige Blicke an die Decke, einem Reichen etwas hinterherrufe, der ihm statt eines Fünfmarkstücks nur einen Groschen hingeworfen habe, und dann rasch weitereile, ins schützend warme Nobelrestaurant.

Aber so werde in Europa, in seinen katholischen und protestantischen Regionen zumindest, von den orthodoxen wisse er einfach zu wenig, heute bzw. schon seit den Tagen der Aufklärung mit den meisten Heiligenlegenden, mit ihren herrlichen Mirakeln und erschreckenden Obsessionen und Gewaltorgien generell verfahren. Alles Skandalöse, alles Herrliche und reinigend Schmerzhafte werde in bravbürgerliche Gesinnung übersetzt, transferiert, in ein fades Gebräu an Allerweltsmoral, als ruhe der deutsche Sozialstaat direkt auf den Forderungen der Bergpredigt. Das machten die Katholiken nicht viel anders als die spirituell inzwischen völlig taub gewordenen Protestanten bzw. Lutheraner.

Sottkowski versuchte sich noch an ein paar Hinweisen auf weitere skandalöse Heiligenviten sowie auf das ästhetische Potenzial, das in ihnen doch immer noch stecke, wie man etwa an Flauberts *Legende von Sankt Julian dem Gastfreien* leicht erkennen könne. Aber er hatte den

Faden schon wieder verloren und musste die Vorlesung mit einem verlegenen *Dankeschön für das Zuhören und Mitdenken und Fragenstellen* vorzeitig abbrechen. Nicht einmal auf die Tische klopften seine ausländischen Kollegen, sie standen einfach auf, nahmen ihre Taschen und Plastiktüten und gingen lachend und schwatzend hinaus in den sommerlichen Park.

Nur der Araber kam noch zu ihm ans Pult, wo Sottkowski die Folien und Notizzettel in eine Leitzmappe zurücklegte, um sich für seine Wortmeldung zu entschuldigen. Er habe den deutschen Professor nicht provozieren wollen, sagte er, aber seine Familie komme aus den 48-er Gebieten und beim Wort *Teilen* sei all das Schreckliche bei ihm hochgekommen, es tue ihm leid. Sottkowski sah dem Mann, der gewiss zehn Jahre älter war als er selbst, in die Augen, und er dachte: Das sind gute Augen. Und er gab ihm die Hand und wünschte ihm noch alles Gute für seinen Aufenthalt in Deutschland und für den DAAD-Sommerweiterbildungskurs hier in Gommersbach an der Hochschule für Übersetzen und Dolmetschen.

Deutschland ist ein tolles Land!

Wieder eine solche Diplomarbeit, in der es zuging wie Kraut und Rüben. Nur ein einziges Mal war die syrische Studentin in Professor Sottkowskis Kolloquium für entstehende Abschlussarbeiten erschienen. Auch auf der Anmeldeliste für seine wöchentliche Sprechstunde war ihr Name nur einmal aufgetaucht, auf Platz 19 von 25. Sie hatten fünf oder sieben Minuten lang über ihr Vorhaben gesprochen, das Thema eingegrenzt und die zu wählende Methode festgelegt. Um eine qualitative Befragung syrischer Absolventen deutscher Universitäten sollte es gehen, um den Zusammenhang von Fremdsprachenerwerb, Integration und den Nutzen des Studiums in Deutschland für den späteren Beruf und das weitere Leben nach der Rückkehr ins Heimatland Syrien. Aber was hatte ihm das Prüfungsamt da nun mitten in der vorlesungsfreien Zeit zur Begutachtung vorgelegt? Mit über zwanzig weiteren Abschlussarbeiten aus dem letzten Semester.

Sprachlich war die Arbeit unter jeder Kanone. Es wimmelte von Rechtschreib- und Artikelfehlern. Trennbare Verben wurden konsequent falsch benutzt: *Die Befragten zustimmten nicht der These … Die Erwartungen an Deutschland übereinstimmten dennoch mit …* Einzelne Abschnitte hatten zwar eine Überschrift, aber dann folgte gar kein Text, als sei ihr der Computer an diesen Stellen abgestürzt. Die Quellenangaben waren unvollständig wie auch das Literaturverzeichnis. Bei übersetzten Büchern fehlten sogar die in Gommersbach stets obligatorischen Angaben zum Translator. Nicht einmal für eine einheitliche und etwas ansprechendere typographische Gestaltung der Seiten hatte der Ehrgeiz seiner syrischen Absolventin gereicht.

An *Die Feuerwehr weint Buttermilch* musste Sottkowski denken, an jene Sentenz, die ihm sein Deutschlehrer 1968 unter eine gar zu blumig geratene Schilderung seiner Schwedenreise – *Mein schönstes Ferienerlebnis* – geschrieben hatte. Und dieser Oberstudienrat Dr. Reichmann, fünf Jahre älter noch als Sottkowskis Vater, hatte sich hartnäckig geweigert, ihm für diesen Kitsch pur eine Note zu geben, obwohl Sottkowski das ungerecht fand. Er hatte für seine Deutsch-Aufsätze immer ein *gut* oder sogar *sehr gut* bekommen, daran war er gewöhnt. Auch wenn ihm das nichts nutzte bei der Entscheidung des Lehrerkollegiums, ob er das Klassenziel erreicht habe. Zweimal hatte er es nicht erreicht, durfte eine Ehrenrunde drehen, wie sein Vater das unaufgeregt nannte. Nur seine Mutter, Dora Sottkowski, fand das schrecklich, besonders beim zweiten Mal, da war er schon 16 und hockte dann mit 13- und 14-jährigen in einer Klasse, und sie wusste gar nicht, wie sie das vor den Verwandten nur geheimhalten könnten, dieses zweite *Hat das Klassenziel nicht erreicht* unter seinem Zeugnis des Freiherr-vom-Stein-Gymnasiums in Leverkusen.

Dass die syrische Verfasserin ihre Auswertung der zwölf Interviews, von wissenschaftlicher Analyse mochte Sottkowski gar nicht sprechen, dann noch weitgehend auf Wiederholungen der im Anhang dokumentierten Gespräche beschränkte (und dieser Anhang war auch noch umfangreicher als die eigentliche Untersuchung!), machte den Fall klar. Professor Sottkowski war nach einem nur flüchtigen Vergleich zwischen dem achtzig Seiten langen Anhang und dem nur fünfzehn Seiten umfassenden Hauptanalysekapitel der Arbeit enttäuscht und zornig genug, um ein *Leider nicht bestanden* unter sein Gutachten zu schreiben, fett gedruckt.

Aber Sottkowski blieb dann beim Herumblättern in diesem Anhang doch noch stecken und las die zwölf Gespräche, ohne dort allerdings weiterhin jeden Artikelfehler und jeden stilistischen Schnitzer anzustreichen. *Freunde in Damaskus haben mir Deutschland empfohlen*, las er unter der Überschrift *Wie kam es zum Studium in Deutschland? – Einige Bekannte haben mir Deutschland empfohlen, vor allem weil es keine Studiengebühren gab. – Deutschland ist im Bereich der Medizin bei uns berühmt. – Mein Vater hat mit deutschen Firmen gearbeitet und man hat ihm Aachen für mein Ingenieur-Studium empfohlen. – Ich bin meinem Ehemann gefolgt, der auch Medizin studierte. – Ich wollte zuerst in die USA, aber dann gab es kein Visum mehr. – Das deutsche Ingenieur-Diplom hat bei uns in Damaskus einfach einen exzellenten Ruf.*

Etwa zwanzig Prozent aller ausländischen Studenten hatten im Wintersemester 2006/07 Fächer aus dem Bereich der Sprach- und Kulturwissenschaften belegt, laut statistischem Bundesamt und laut Seite 7 dieser Diplomarbeit. Bei den syrischen Studenten (1518 männlich, 272 weiblich) waren es 116 (davon 43 weiblich). Das sind nur knapp sieben Prozent, sagte sich Sottkowski, und unter den von seiner Absolventin befragten zwölf Syrern gab es nur einen Kulturwissenschaftler. Warum hatte sie das nicht bemerkt und sich nicht über die Gründe dieser Fächerwahl, über dieses dominante Streben in anwendungsorientierte Studiengänge, ausgelassen? Dann hätte sie doch eine Verbindung zwischen den Theorie- und Analyse-Kapiteln herstellen können, statt an den Anfang ihrer Arbeit nur diese nackten Zahlen ohne jeden eigenen Kommentar hineinzukopieren. Dieses hirnlose Herunterladen irgendwelcher Daten aus dem Internet, das sei langsam das Einzige, was seine Studenten noch könnten. Zum Kotzen fand der Herr Professor das und wollte so etwas auch nicht mehr durchgehen lassen.

Über die *Problematiken bei der deutschen Sprache* (so sprachlich unkorrekt hatte die Absolventin ausgerechnet dieses Kapitel überschrieben) sagten die zwölf Befragten, dass sie große Schwierigkeiten mit der Grammatik gehabt hätten, mit den Artikeln *der*, *die*, *das*. Die trennbaren Verben hätten ihnen *Logikprobleme* bereitet, las er in einem der Interviews und machte ein Fragezeichen an den Rand. Alle zwölf berichteten von Schwierigkeiten mit der Aussprache, dass sie oft die Unterschiede bei den Umlauten nicht wahrgenommen hätten, zwischen *öffnen* und *offen*, *schwül* und *schwul*. Überwunden hätten sie all diese Probleme durch viel Fleiß, durch ständiges Üben, durch Lesen und Schreiben, aber die Aussprache sei nur durch den täglichen Umgang mit Deutschen langsam besser geworden. Sie hätten deswegen auch den Kontakt zu anderen Arabern konsequent vermieden, nur noch mit Deutschen verkehrt. Einer sagte, dass er von *Multikulti-Bekanntschaften* sowieso nichts halte und auch deswegen stets Anschluss an echte Deutsche gesucht habe.

Auf die Frage seiner syrischen Studentin, ob es Schwierigkeiten gegeben habe, sich in Deutschland einzuleben, antworteten fast alle mit *Nein. – Nein, ich hatte keine Schwierigkeiten. – Nein, ich hatte überhaupt keine Probleme. – Nein, es verlief einwandfrei. Ich war nur am Anfang sehr einsam, denn ich war zum ersten mal auf mich selbst gestellt, ohne Familie, aber mit der Zeit ist es mir leichter gefallen.* Auch im Abschnitt *Kulturunterschiede als Integrationsproblematik* heißt es immer wieder: *Kein Problem.*

Er habe nie das Gefühl gehabt, dass er in Deutschland ein Ausländer sei, sagte einer. Ein anderer sagte, dass es ihm viel schwerer gewesen sei, in den Golfstaaten kulturell klarzukommen, da seien die Unterschiede viel gravierender als die zwischen Damaskus und Aachen. Sie könne hier gut leben, sagte eine andere, man gewöhne sich rasch an dieses gute Leben. Er und seine Frau, sagte ein anderer, hätten viele Freundschaften mit Deutschen schließen können und der Kontakt habe gehalten, auch nach ihrer Rückkehr nach Aleppo. Dort würden sie manchmal als *typisch deutsch* bezeichnet, aber die Patienten suchten Ärzte mit einem deutschen Abschluss, diese Investition habe sich schon gelohnt. Nur dass die Botschaft der Bundesrepublik sich gar nicht bemühe, den Kontakt zu ihren Deutschen zu halten, das sei schade. Sie nähmen auch keine Rücksicht auf die lange Zeit in Deutschland, sieben Jahre waren das immerhin, bei Visaanträgen etwa, da würden sie wie alle anderen herumgeschubst, als seien sie nie dort gewesen, in Deutschland. Gewiss, das habe alles mit dem 11. September zu tun, diese Behandlung jetzt bei der Botschaft. Aber trotzdem: *Deutschland ist ein tolles Land, nur diese Kälte macht einem zu schaffen.*

Ein anderer sagte, dass ihm der Aufenthalt akademisch enorm weitergeholfen habe, auch wenn er sein Habilitationsvorhaben habe abbrechen müssen, weil er nicht gewollt habe, dass seine Tochter die ganze Kindheit nur in Deutschland verbringe. Es seien wertvolle Erfahrungen gewesen und eigentlich sei die Zeit in Deutschland die schönste Zeit seines Lebens gewesen. Ein anderer, auch ein Mediziner, sagte: Er habe gut verdient und alles machen können, was er wollte. Jede Sportart habe er ausprobiert und das habe alles sehr viel Spaß gemacht. Besser wäre es gewesen, auch das Erststudium schon in Deutschland zu machen, in Syrien fehle in der Ausbildung einfach die Praxis. In Deutschland sei das Studium mehr klinisch orientiert, anders als in anderen Ländern. In den USA zum Beispiel habe sein Sohn nur zweimal in der Woche Praxis, in Deutschland habe er jeden Tag Patienten behandeln dürfen. Aber es sei dennoch eine verlorene Zeit, die man mit dem Sprachenlernen verbringen müsse, mit der Grammatik und den Artikeln und den Ohs und Ähs. Deswegen habe er seine Söhne zum Studieren in die USA geschickt, obwohl die noch in Deutschland geboren seien. Aber in Syrien gebe es eine Bestimmung, dass Kinder und Jugendliche unter achtzehn Jahren am Goethe-Institut keine Sprachkurse belegen dürften, so dass seine Kinder und auch die von anderen, die in Deutschland gelebt hätten, nicht weiter Deutsch hätten lernen können. Einfach idiotisch sei das, wie Deutschland mit seinen besten Freunden in der arabischen Welt umgehe.

Das letzte im Anhang dokumentierte Gespräch wurde mit einem Gommersbacher Absolventen geführt, an den Sottkowski sich noch ganz gut erinnerte. Von ihm stammte das im *Analyseteil* schon erwähnte Beispiel mit den Umlauten. Der Gommersbacher Absolvent sagte, dass an der Hochschule für Übersetzen und Dolmetschen außer ihm kaum andere Studenten aus Syrien eingeschrieben seien. Das war Sottkowski neu, aber für ihn war Araber ohnehin gleich Araber, egal aus welchem Land der nun kam. Er hätte deshalb, las Sottkowski da weiter, von Anfang an den Kontakt zu Deutschen suchen können. Der Kontakt zu den hundert anderen Arabern sei nicht eng gewesen, die kämen fast alle aus Nordafrika und sprächen ihre Dialekte, die er kaum verstehen könne. Auch das war Sottkowski neu, dass die so weit auseinanderliegen sollen, diese Varianten des Arabischen. Die Unterschiede zu seinem Hocharabisch, sagte der von seiner syrischen Kommilitonin interviewte Absolvent, hätten ihn immer wieder verunsichert, auch im Übersetzungsunterricht, wo es ewig Streit gegeben habe, ob ein bestimmtes arabisches Wort denn nun dies oder jenes im Deutschen bedeute. Sottkowski notierte sich das als Tagesordnungspunkt für ihre nächste Lehrkörperversammlung, auf der sie ohnehin über die Evaluierung der Gommersbacher Translationskurse sprechen mussten. Schon deswegen also habe er sich immer Freunde gesucht, die mit ihm Hochdeutsch gesprochen hätten. Die Kulturunterschiede habe er als Regeln verstanden, die man akzeptieren müsse, wie sie nun einmal seien. Das bedeute nicht, dass er alle diese Regeln für gut halte, er habe lediglich das Beste daraus gemacht. Inzwischen passiere es ihm immer öfter, dass er drei oder vier Wochen lang kein einziges Wort Arabisch spräche. Wenn er sich nicht als integriert bezeichnen würde, wäre er schon längst verloren. Auf einem Extrazettel notierte sich Sottkowski: *Mit Elefteria bereden: Erweiterung der Kompetenz in der Mutter- bzw. A-Sprache bei langjährigem Aufenthalt in D-land? Handlungsbedarf aus ihrer Sicht? FSL! Studienordnung? Module? Finanzierung? DAAD? Ministerium? Dr. Wrobel!!*

Die elf anderen Befragten waren Absolventen anderer Hochschulen: Heidelberg, Berlin, Aachen, Bamberg, Hannover, Mainz, Darmstadt und Dresden. Wobei nur der Befragte aus Dresden mehrmals in diesem Gespräch beklagte, dass er sich einsam gefühlt habe und dass die Deutschen nicht sehr sozial seien. Er habe sehr viel Zeit gebraucht, um in die deutsche Gesellschaft hineinzufinden. Die Aussprache habe er durch Fernsehgucken geübt, vor allem Nachrichtensendungen, das sei das beste Deutsch. Und die Sätze habe er dann einfach wiederholt und ganz laut gegen die Wand im Wohnheim gesprochen. Das könnte ein Zufall sein, sagte sich Sottkowski, aber er notierte sich die Frage nach ostdeutsch-westdeutschen Unterschieden in Sachen Integration und Spracherwerb ausländischer Studenten dennoch für die Verteidigung der Arbeit in der übernächsten Woche.

Dann rief er sich am PC noch einmal das bereits geschriebene Gutachten auf. Er fügte eine Vorbemerkung an darüber, was er aus dieser Arbeit habe lernen können und wie sehr er es bewundere, dass die Verfasserin zahlreiche syrische Absolventen dazu gebracht habe, ihr so detailreich über ihre, oft schon Jahre zurückliegenden Erfahrungen mit dem Studienstandort Deutschland Auskunft zu erteilen. Mit Nachdruck wolle er hervorheben, dass die sehr umfangreichen Interviews in durchaus verständliches Deutsch übersetzt seien und diese translatorische Leistung der aus Syrien stammenden Prüfungskandidatin verdiene Anerkennung. Ganz unten auf dem Dokument löschte Sottkowski das *Leider nicht bestanden* und schrieb stattdessen ein *befriedigend (2,7)* dorthin, wohin er eine Note jedesmal halt schreiben musste. Nun fehlte noch das Zweitgutachten. Elli wird schon mitspielen, sagte er sich, viel Zeit hat die eh nicht, und schickte eine entsprechende Email an Elefteria Kolposkidou, an die verehrte Frau Präsidentin, samt einer, wie er es nannte, *Vorabkopie* seines eigenen Gutachtens einschließlich Notenvorschlag.

Zwei Wochen später sah er im Prüfungsausschuss das von ihm unterzeichnete Originaldokument und das Korrekturexemplar. Elli hatte erwartungsgemäß keine zusätzlichen Anstreichungen vorgenommen, hatte auch kein eigenes Gutachten vorgelegt, sondern nur ihren Namen und das Datum neben seine Unterschrift gesetzt. Und in Heidi Kumpulainens, ihrer Sekretärin Handschrift stand da noch: *Schließe mich dem Votum des geschätzten Erstgutachters ohne jeden Vorbehalt und mit großem Vergnügen an. Professor Sottkowski wird gebeten zu erwägen, ob er die syrische Absolventin nicht in seine internationale Doktorandengruppe aufnehmen möchte.* Diese blöde Kuh! Diese Dikou! Sie kann es einfach nicht lassen, schimpfte ihr Kollege Sottkowski in sich hinein.

Ein Stückchen Dänemark

Ob er einen Satz bilden könne, in dem zehn mal das Wort *Dänemark* vorkomme, hatte Hanns seinen Bruder Martin einmal gefragt und ihm dann den Satz verraten: *Dann geb ich dem ne Mark und dem ne Mark und dem ne Mark und dem ne Mark und dem ne Mark und dem ne Mark und dem ne Mark und dem ne Mark und dem ne Mark und auch noch dem ne Mark*. Doof fand er dieses Geleiere seines Bruders Hanns und es machte ihn sogar irgendwie froh, dass es inzwischen den Euro gibt, außer in Dänemark, so dass die Kinder bald wohl gar nicht mehr wissen dürften, was das eigentlich einmal war, diese D-Mark aus D-Land. Aber er bekam den Klang des Satzes wieder in die Ohren, am 21. Januar, einem Montag, als er sich am Abend nach ihrem Ausflug in den Pfälzer Wald auf die Übung vorbereiten musste, auf die *Einführung in die interkulturelle Textanalyse*, die er für die ausländischen Studenten im ersten Semester anbot.

Ihm war in der zurückliegenden Woche kein interessantes Thema eingefallen und so kramte er eine alte Mappe hervor und fand da das Bild, das er suchte. Sieben Zentimeter hoch und zehn Zentimeter breit ist dieses Bild. Vor ein paar Jahren hatte er es sich aus einer Zeitung ausgeschnitten. Jetzt kopierte er es auf eine Farbfolie, damit es im Hörsaal an die Wand projiziert werden könnte und alle es gut sähen. Es ist eins der harmloseren Bilder, denn es sind auch wieder Studienanfänger aus arabischen

Ländern in Gommersbach. Und er mag nicht jedes Mal sagen, dass sie jetzt bitte die Augen schließen sollen, falls sie so etwas nicht sehen dürften.

Die oberen zwei Dittel des Bildes nimmt eine grüne Wandtafel ein, mit Schwamm und Kreidestückchen auf der Leiste vor der Tafel. Auf die ist etwas geschrieben, das Sottkowski nicht lesen kann, ein arabischer Satz offenbar. Vor der Tafel steht rechts im Bild in lässiger Haltung ein junger Mann. Er hat ein blaurot gestreiftes Sporthemd an und trägt Jeans. Er hat dichte schwarze Locken, die Ohren stehen ihm ab und die Nase ist ganz lang und krumm. Die Augen sind geschlossen und aus seinem Mund ragt eine sehr lange blutrote Zunge. Die linke Hand hat er in die Hüfte gestemmt, die rechte hält einen auf die arabischen Schriftzeichen gerichteten Zeigestock. Auf seinem Sporthemd ist auf der Brust gut sichtbar ein Wort gedruckt: *Fremtiden*, Zukunft. In der Mitte des unteren Bildrandes ist ein Pfeil, der auf den jungen Mann mit dem Stock vor der Tafel mit dem arabischen Text weist, und vor diesem Pfeil steht: *Mohammed, Valbyskole 7 A* – Valby-Schule, Klasse 7 A, Mohammed.

Dieses Bild schauten sie sich an, beschrieben möglichst präzise, was sie sahen. Sottkowski half mit den beiden unvertrauten dänischen Wörtern *Valbyskole* und *Fremtiden*. Sie wurden sich einig, dass es um eine Schulklasse gehe und dass der junge Mann vor der Tafel, den einige Studenten wegen seiner krummen Nase zuerst für einen Juden gehalten hatten, ein arabischer Lehrer sein müsse, der seinen Schülern etwas beibringe. Ob diese

Schüler auch Araber seien, könne man nicht sagen, denn die seien auf dem Bild ja nicht mit drauf. Aber es müsse eine dänische Schule sein, das sehe man an dem Namen der Schule und an dem Wort *Fremtiden* auf dem Hemd des Lehrers. Dann sprachen sie über den Sinn, die Aussage, die Intention dieses Bildes. Sie merkten rasch, dass sie dafür eigentlich viel mehr wissen müssten über den Kontext, über die Ansichten des Zeichners, die Einstellungen der Leser dieser Zeitung, die aktuellen Debatten in diesem Land, in dem das Bild erschienen war.

Als Sottkowski ihnen erzählt hatte, dass es in Kopenhagen eine lebhafte Diskussion um Migrationsfragen gibt, ähnlich wie in anderen europäischen Ländern auch, da meinten die einen, dass das Bild für Toleranz werben wolle, für eine Zukunft des freundlichen und respektvollen Miteinanders. Es zeige eine Schulklasse in einer multikulturell gewordenen Gesellschaft, in der die Einwandererkinder auch in ihrer eigenen Muttersprache Unterricht bekämen, islamischen Religionsunterricht vielleicht sogar. Und so sei das doch in Skandinavien, wussten einige, in Schweden und den anderen traditionell sehr fortschrittlichen Ländern dort oben.

Die anderen sagten, dass das Bild eher vor einer bestimmten Zukunft warnen wolle, einer Zukunft, in der die dänischen Schulkinder nicht mehr die lateinische Schrift, sondern jene zu lernen haben würden, die der Lehrer mit dem Rohrstock ihnen da beibringe. Das Bild werbe nicht für Integration, sondern es wolle Abgrenzung, es schüre Ängste vor den Migranten, den Fremden, Überfremdungsängste.

Sottkowski wollte von den arabischen Studenten wissen, was der Satz eigentlich bedeute, der da an der Tafel stehe, ob sie das bitte für die anderen Studenten und für ihn übersetzen könnten. Aber das konnten sie nicht. Das sei kein Arabisch, sagten sie. Einer wusste immerhin, dass das Persisch sei, aber übersetzen könne er das leider auch nicht. Da wunderte sich Sottkowski, denn er hatte bisher gedacht, dass diese Zeichnungen in einer zumindest handwerklich solide gemachten Zeitung erschienen waren.

Dann sprachen sie noch über den Namen des Lehrers aus der Zukunft, der *Fremtiden*. Der sei ganz und gar gewöhnlich, meinten die einen, und die anderen sagten, dass das der Name ihres Propheten sei. Erst an dieser Stelle fragte ein Student, einer aus Casablanca, ob das eins jener zwölf blasphemischen Bilder sei, mit denen wir Europäer unsere Freiheit verteidigen wollten.

Da waren die fünfundvierzig Minuten dieser Einführung in die interkulturelle Textanalyse aber schon fast um und so durfte die Frage des marokkanischen Studenten für heute unbeantwortet bleiben. Professor Sottkowski wies noch auf die morgige Mittwochskonferenz hin, auf der eine koreanische Tierärztin aus Frankfurt über ihre Erfahrungen mit homöapathischen Heilverfahren bei Pferden und anderen Haustieren referieren werde, in koreanischer Sprache. Schon weil das ebenso ungewöhnliche wie spannende Thema von den Dolmetschstudenten sehr zeitaufwendige Vorarbeiten verlangt haben dürfte, hoffe er auf eine rege Teilnahme auch der Studenten dieser Übung für Erstsemestler. Dann bat er eine arabische und eine französische Studentin, bis zur nächsten Woche zu recherchieren, warum es 2005/2006 so lange gedauert hatte, bis die Empörung über die dänischen Mohammed-Karikaturen in der arabisch-islamischen Welt richtig in Fahrt gekommen war.

Damit war die Lehrveranstaltung überstanden und Sottkowski ging zurück ins Hauptgebäude, ganz zufrieden, dass das mit dem Bild aus dieser alten Mappe funktioniert hatte. Auf dem Gang traf er den Kollegen Bromber, dem er die Karikatur mit dem jungen Burschen im gestreiften Hemd zeigte und der ihm sagen konnte, was dort auf der Wandtafel steht, nämlich dass die Redaktion von *Jyllands-Posten* aus einem Haufen reaktionärer Hetzer oder Aufwiegler bestehe. *Das ist ja irre,* sagte Sottkowski und fragte, ob das in der arabischen Welt bekannt sei. *Das interessiert da niemanden mehr,* lachte Bromber. *Die jagen längst die nächste Sau durch den Hamam.*

Sottkowski ging in sein Dienstzimmer. Er sah durch das Fenster, dass draußen im Park einige seiner Studenten noch weiter diskutierten. Dann nahm er sich die Unterlagen für die Sitzung der Raumkommission am Nachmittag vor, auf der es um die Implementierung des neuen Flächenmanagements gehen wird, und schaute sie mit einem Stöhnen über die Narreteien der akademischen Selbstverwaltung überaus lustlos durch. *Volk ohne Raum* kritzelte er gedankenleer zwei Stunden später auf das letzte Blatt der 47 Seiten umfassenden Tischvorlage.

Sottkowskis Katzentraum

Während sich die drei älteren Damen offenkundig bereits an den Kaffeetisch in eine der Ecken des überaus großzügig geschnittenen Raumes zurückgezogen hatten, dozierte Sottkowski im Gehen weiter, mit vorgebeugtem Oberkörper. Man müsse doch, sagte er um eine mitten im Raum nach oben führende Wendeltreppe herumgehend und stetig nach seinen Damen Ausschau haltend – man müsse bei allem verständlichen Unmut am großen Umfange des Griechisch- und Latein-Unterrichts in unseren höheren Lehranstalten doch auch bedenken, dass seit der Aufklärung, also durch gut anderthalb Jahrhunderte inzwischen, die deutsche Dichtung gar kein Gegenstand schulischer Unterweisung gewesen sei. Sie müsse sich ergo erst langsam ihren Rang im Kanon der wohletablierten Fächer erringen. Das brauche Zeit und nicht nur ein paar fähige Köpfe. Aber bevor er diesen Gedanken weiter entfalten und den Satz zu Ende bringen konnte, hatte sich der riesige weiße Kater, der wie in einer Endlosschleife den Raum durchschritt, mit den Krallen seiner Vorderläufe in seinen Rücken eingehakt. Das tat gar nicht sonderlich weh. Der Kater blieb einfach wie eine schwere Tüte an Sottkowski hängen und er schleifte ihn dann über den blank gebohnerten Boden hinter sich her, während er im Vortrage fortfuhr. Als er endlich den Tisch seiner drei Damen erreicht hatte – in den Lehrplänen der Weimarer Republik war er derweil angekommen und er nannte sie „unsere“ Republik – sagte die mittlere von ihnen, dass man dem Vieh einmal kräftig gegen den Kopf schlagen müsse, dann werde es Respekt vor dem Herrn Doktor bekommen. Das wollte Sottkowskis Mutter auch gleich tun und sie erhob sich schon, aber die mittlere hielt sie energisch zurück, das sei zu gefährlich. Das Tier hatte sich ohnehin schon von Sottkowskis Körper gelöst und mit seinem schweifenden Rundgang durch den riesigen Raum erneut begonnen. Sottkowski hob das Hemde an, drehte den Kopf über die Schulter und sah auf der rechten Seite in Höhe des Beckens kleine Schlitze in seinem Fleisch, dort, wo der Kater seine Krallen herausgezogen hatte. Es blutete fast gar nicht und die Schlitze gab es auch nur auf dieser rechten Seite. Die Damen stellten schließlich zu seinem Schutz eine schulterhohe dickgepolsterte weiße Stoffwand schräg vor den Tisch, so dass sie sich jetzt in einem abgesperrten dreieckigen Extraraum befanden. Er setzte sich ganz links zu den Frauen auf das Sofa, wodurch es etwas eng wurde, und wollte mit seinem Vortrage über die Stellung der deutschen Dichtung an unseren höheren Lehranstalten fortfahren. Aber seine Mutter sagte vom anderen Ende des Sofas, dass es vielleicht klüger wäre, wenn er nächste Nacht oben im Zimmer seines Vaters schliefe. Er lachte nur kurz auf, dachte an die völlig durchgelegenen Matratzen im Bett seines Erzeugers und sagte, dass man in diesem Hause doch wohl keine Angst vor einer alten Katze haben müsse. Die mittlere – falls man das jetzt noch sagen kann, denn sie saßen inzwischen zu viert auf dem

Sofa – wiegte bedächtig ihren Kopf, als würde sie den Vorschlag seiner Mutter ernsthaft prüfen wollen. Aber zugleich zeigte sie mit ihrem ausgestreckten Mittelfinger auf den weißen Schutzwall, hinter dem die vier an ihrem Kaffeetisch saßen. Oben an der Wand waren die Krallen der hoch aufgerichteten Katze zu sehen. Sie schoben sich langsam in den Stoff und waren bereits leicht blutverschmiert. Mit angehaltenem Atem und offenem Mund wartete Sottkowski, dass das Biest sich auf die Stoffmauer hochziehen würde. Doch dann wurde er wach aus diesem Katzentraum, starrte noch eine Weile in ihren aufgerissenen Rachen, hellrot schimmerte es zwischen den spitzen Zähnen, stieg auf der hölzernen Leiter von seinem Hochbett herunter, trank einen Schluck aus der gestern abend angebrochenen Rotweinflasche und setzte sich wieder an seinen Schreibtisch.

Käptn Flint

Einen anderen Bruder hatte sich Sottkowski schon immer gewünscht, auch schon vor dem Selbstmord seines richtigen Bruders mit Namen Hanns. Und – so denkt er sogar manchmal heute noch – war das nicht genau jener Wunschbruder gewesen, der mit ihm damals, zu Beginn seines Studiums, etwas vorzeitig das Proseminar verlassen hatte, jene famose *Einführung in die germanistische Sprachwissenschaft, Teil II*, in der Professor Seebach mit einem großen Geodreieck aus Plastik unter der mit Kreide säuberlich gemalten und zweimal unterstrichenen Überschrift *Semantische Komponentenanalyse* eine Tabelle an die Wandtafel gezeichnet hatte mit vielen Zeilen und Spalten, und in die obere Reihe kamen die Seme, wie er das nannte, in die rechte Spalte die Lexeme, und dann gab es für jedes Kästchen ein Plus- oder ein Minuszeichen und am Ende sollte man wissen, was ein bestimmtes Wort der deutschen Standardsprache bedeutet. Dessen Bedeutung man aber als deutscher Muttersprachler ohnehin schon kannte. Sottkowski hatte diese Übung an die quälendsten Mathematikstunden erinnert, an die Mengenlehre mit ihren Schnitt- und Vereinigungs- und Differenzmengen, einst am Freiherr-vom-Stein-Gymnasium, und mit solch unerwünschtem Wiedersehen hatte er in seinem Kölner Germanistik-Studium eigentlich nicht gerechnet.

Nach Seebachs ersten grundlegenden Betrachtungen hatte er sich gemeldet und den Professor um einen, wie er es nannte, kleinen Rückwärtsgang gebeten. Welches Wort, solle Seebach den Studenten doch bitte sagen, ergäben denn die Merkmale minusgroß, plusklein, minuskünstlich, plusnatürlich, minustief, plusflach, minusfließend, plusstehend, minusklar und plustrüb.

Das werden wir gleich haben, sehr interessante Frage, hatte Seebach gesagt, denn er greife stets und gerne Fragen auf, Fragen seiner Frischlinge, wie er die Studenten im Grundstudium nun einmal nenne, und er trug Sottkowskis Seme mit der Kreide in noch freie Felder seiner Tabelle ein. Dann stand er vor dem Plus- und Minusgewirr und wollte einfach nicht darauf kommen, dass ihre Summe das Wort *Tümpel* ergibt. Aber Professor Seebach war souverän geblieben, hatte sogar gelächelt, als der Frischling ihm von hinten *Tümpel* zugerufen hatte, und war im Stoff fortgefahren, indem er nun aber doch lieber weiter von den Lexemen zu den Semen schreiten wollte, denn diese Umkehrproben, so meinte er, machten eigentlich erst in einem zweiten Schritt so recht Sinn, also dann, wenn aus der Tiefenstruktur das je Gemeinte neu heraufgeneriert werden müsse. Das sei ungeheuer spannend, wie die ersten Experimente mit dem neuen Übersetzungscomputer ja schon zeigen würden, *nicht wahr? Also diese Pein des Fremdsprachenlernens, nicht wahr, die können Sie sich schon schenken, das übernimmt der Generator, nicht wahr, dieser neue Translator*, hatte Seebach gesagt, wenn er sich *diesen forschen Blick in die Zukunft, was sag ich, in die drüben längst angebrochene Jetztzeit verstatten* dürfe.

Aber nun kamen erst einmal die Flügel an die Reihe, ein Wort, dem sich die Forschung bereits mehrfach und intensivst zugewandt habe, und er nannte seinen Frischlingen auswendig, aber langsam und gleich zum Mitschreiben, fünf Autoren und noch langsamer sprechend dann fünf sehr anspruchsvoll klingende Aufsatztitel und die Namen der Publikationsorgane, drei davon waren US-amerikanische. Sogar mit den exakten Seitenangaben konnte Tümpel auf Nachfrage von Thomas K. dienen: *Gerne, ja sehr gerne, natürlich, die brauchen wir ja, was würde aus der Forschung ohne exakte Seitenzahlen, nicht wahr, kein Mensch mehr würde sich noch irgendwo zurechtfinden.* Thomas schaute zu Sottkowski hinüber, aber der saß am anderen Ende der letzten Reihe in dem mittelgroßen fensterlosen Seminarraum, vor sich sein Tagebuch, in das er auch Vorlesungsstoff notierte, soweit er überhaupt in diesen Veranstaltungen etwas aufschreiben mochte.

Zwischen seine lückenhaften Mitschriften kritzelte er Verszeilen, strich sie wieder durch und notierte neue Einfälle, oft unsinniges Zeug oder nur einzelne Wörter, wie heute etwa die Reihe *Sem / Ham / Jafet / Magog / Sotter / Hamburg / Humbug.* Fast eine Stunde lang wurden die Flügel von Professor Seebach behutsam und Sem für Sem tranchiert und es wollte gar kein Ende haben mit all den Plus- und Minuszeichen, durch welche seine Frischlinge jene feinen Unterschiede erkennen lernen sollten, die es nun einmal gäbe zwischen dem Flügel als Musikinstrument, *Sie wissen schon, das mit den Tasten*, sagte Seebach, als Teil eines Gebäudes, als Teil einer Tür, als Tragfläche bei Flugzeugen, als Seitenteil eines Altargemäldes, *Triptychon nannten wir das früher, als es noch humanistische Gymnasien gab*, flocht Seebach ein, und natürlich, *darauf hätten wir natürlich zuallererst kommen müssen, nicht wahr, das bei Vögeln – Beim Vögeln?* hörte Sottkowski aus der anderen Ecke – *bei Vögeln paarweise angeordnete Organ zum Fliegen.*

Und nun ermunterte Tümpel seine Frischlinge erneut, sich doch bitte etwas aktiver in das Seminargeschehen einzubringen, denn sonst, *nicht wahr*, lernten sie rein gar nichts, also nach weiteren Verwendungen dieses hochinteressanten und so erfreulich polysemen Lexems in ihrem mentalen Lexikon zu forschen, *forschen*, sagte Tümpel. Und dann kam der Spoiler bei Fahrzeugen, der Parteiflügel, und der Flügel einer friderizianischen Reiterformation zum Vorschein, *nicht zu verwechseln mit dem Damenflügelangriff*, sagte Seebach, *denn den kennen wir ja alle, und woher? – Ja danke, natürlich, vom Schachspiel kennen wir den und sonst gar nicht*, und alles das sei irgendwie auch übertragene Bedeutung, deren merkmalsemantische Erfassung die Forschung noch nicht so ganz im Griff habe, damit, und nun lächelte er wieder aufmunternd in das Neonlicht des Seminarraums, *damit für Sie auch noch etwas zu ergründen und zu erforschen bleibt.*

Die Wandtafel war jetzt gut gefüllt und Tümpel wollte zur Zusammenfassung des gemeinsam Erforschten, so sagte er noch einmal, und ans Ende dieser *spannenden Seminarsitzung* kommen. In der nächsten Woche werde man dann gemeinsam das heute erarbeitete Analyseinstrumentarium weiter verfeinern und an so aufregenden, auch das war sein Wort, an so aufregenden Lexemen wie *Schlag*, *Brücke* und *Läufer* evaluieren, wobei er schon heute verraten wolle, dass er die Hypothese gewagt habe, wonach das Lexem *Läufer* das polysemste Wort unserer deutschen Sprache überhaupt sein könnte. *Da müssen wir schauen, ob wir mit dieser Tafel hinkommen. Aber zuvor: Haben Sie noch einen Flügel? Wir haben noch ein bisschen Seminarzeit übrig.*

Sottkowski meldete sich und lobte die Übersichtlichkeit in der tabellarischen Darstellung der Bedeutung all jener Flügel-Wörter, die er allerdings schon zuvor gekannt habe, so dass ihm noch nicht ganz der Sinn dieser Zerlegerei aufgegangen sei, aber das komme ja vielleicht noch, falls man hier etwas weniger dünne Bretter bohren werde als in dem Syntaxseminar vom letzten Semester, wo das Bäumchenmalen bei so komplizierten Sätzen wie *John kicks the ball* immer wieder steckengeblieben sei. Abgesehen davon habe er noch Probleme mit einer Verwendung und Bedeutung des schönen Wortes, die er keiner der Spalten bzw. Zeilen in der Tabelle des Professors zuordnen könne. Und das sei jener Flügel, von dem ihm seine Großmutter im Abendgebet gesprochen habe. *Breit aus die Flügel beide / O Jesu meine Freude*, habe es da geheißen und welcher Flügel das denn nun sei? Zumindest phonetisch seien die doch wohl verwandt, ob das auch für die Seme gelte?

Noch während Sottkowski sprach, er war sogar aus alter Gewohnheit aufgestanden, hatte sich Seebach das vor ihm auf dem Pult liegende Riesenplastikgeodreieck vor die Brust gehoben. Nun legte er los: Wenn der junge Herr dahinten in der letzten Reihe wirklich meine, er könne hier als Frischling, als Joe College sozusagen, mit Fragestellungen in die Seminarsitzung hineinplatzen, die hier rein gar nichts zu suchen hätten, so habe er sich bei ihm in der Postleitzahl geirrt. Er habe doch schon in der Einführungssitzung mehrfach hervorgehoben, dass es in dieser linguistischen Einführung um die Standardsprache gehen werde und um die Kompetenz eines idealen Sprecher-Hörers. Sogar sein neues, gewiss etwas komplex geratenes Kommunikationsmodell habe er ihnen doch vorgeführt, obwohl das noch gar nicht publiziert sei, damit sie auch einmal sähen, wie es an vorderster Front, sozusagen in den Schützengräben unserer Forschung zugehe. Wenn der Kommilitone dahinten, der Joe College mit den kurzgeschorenen Haaren, sich für Wissenschaft nicht interessiere, sondern für Glaubensfragen, dann möge er sich doch bitte an die dafür zuständigen geschätzten Kollegen von der Neueren Deutschen Literaturwissenschaft wenden. Und vielleicht gehe ihm dann ja irgendwann doch noch von alleine auf, dass das Wort Wissenschaft für diese Conradys, Hincks, Kellers, Irmschers und wie sie alle hießen vielleicht doch ein bisschen, *nun ja*, hochgegriffen sei. Das Angebot in der germanistischen Theologie sei üppig, wahrhaftig üppig, nur einen Stockwerk höher, *nicht wahr*, solle sich der Kommilitone mit seinem

Anliegen und seinem Tümpeldünkel doch bitte bemühen. Auch an Nachwuchs mangele es dort nicht, Stellen hätten die mehr als reichlich, das bemerke man ja wohl auch als Student, und jetzt sagte er nicht mehr Frischling, wie total unausgewogen das alles noch ist, eine skandalöse Ressourcenverteilung sei das an dieser Fakultät, angesichts der uns bedrängenden Forschungsaufgaben und des Rückstands gegenüber den Kollegen drüben in den Staaten, *Ich nenne Ihnen jetzt nur mal den Chomsky*, aber was gäbe es hier an Nachwuchs, all diese Mecklenburgs und Gnügs und Volkmanns. Die dürfe man ja nicht einmal nach dem Unterschied zwischen Subjekt und Substantiv befragen, bodenlos ignorant gehe es da zu in der Germanistischen Theologie.

Sottkowski versuchte bereits, nicht mehr hinzuhören. Er war die ganze Zeit über stehen geblieben, packte jetzt seine Kladde in seine alte Schultasche, nahm seine Lederjacke von der Stuhllehne, nickte Professor Seebach zu, der auch sogleich das Geodreieck vor der Brust sinken ließ, und ging die paar Schritte zur Tür des Seminarraums, die ihm, mit einer kuriosen Verbeugung, Thomas K. aufmachte. Dann standen sie vor der Tür, schauten sich kurz an und sagten fast gleichzeitig: *Gehn wir in die Mensa?* Und schon auf dem Weg dahin waren sie Freunde geworden. Und als seinen Bruder hatte ihn Sottkowski umarmt, als der beim Raten nach dem F. in seinem Namen, das Thomas K. während des Kaffeetrinkens und Rauchens in der Mensa auf dem Schildchen von Sottkowskis Tagebuch entdeckt hatte, nicht erst in die übliche und stets resultatlose Fritz-Franz-Ferdinand-Fürchtegott-Reihe gerutscht war, sondern, als sei es das Naheliegendste von der Welt, gesagt hatte: *Käptn Flint muss das heißen*. Sottkowski hatte seinen Studentenausweis aus der Tasche gekramt und ihm gezeigt, dass er recht hatte. Und dann hatte Thomas gesagt: *Irre, Bruder Flint*.

Heiratsschwindler

Irgendwann Anfang der 80er Jahre waren der stud. phil. Martin F. Sottkowski und Georg Adomait mit dem finnischen Verleger Heikki A. Reenpää, der ein berühmter Jäger ist, in Deutschland unterwegs. Es gab auch eine Lesung in einer Buchhandlung mit Veijo Meri, dessen Erzählungen in Adomaits Übersetzung neu aufgelegt worden waren. Nach der Veranstaltung saßen sie mit noch weiteren Leuten in einem Restaurant und Meri erzählte kuriose Anekdoten aus seiner Schulzeit und seinem Deutschunterricht in den 30er und 40er Jahren. So wusste er noch die närrischsten Beispiele aus einem Lehrbuch für den Anfangsunterricht auswendig und sagte sie mit großem Vergnügen auf, etwa den Satz *Der Hering der Ostsee ist kleiner als der der Nordsee, aber schmackhafter*. Sogar den Singular des Wortes *Sporen* hatte ihm sein Deutschlehrer in Finnland beigebracht und seine Schüler eine ganze Geschichte auswendig lernen lassen, die er immer noch Satz für Satz im Gedächtnis verwahrte.

In dieser Geschichte ging es um einen Hasen, der im Winter im Walde Not litt, weil er keine Nahrung fand, und deswegen im Garten den Kohl fraß, bis Herr Knaller, der Jäger, kam und mit seiner großen Flinte nach ihm schoss, die piff, paff, puff knallte. Und dann fragte Meri seine Zuhörer: Warum litt der Hase im Winter Not? Was tat er im Garten? Wie hieß der Jäger? Womit schoss Herr Knaller? Wie knallte die Flinte des Herrn Knaller? Das fanden sie alle urkomisch und alle machten mit und riefen dem Lehrer jeweils die Antworten zu, immer lauter und am lautesten natürlich bei der letzten Antwort. *Die Flinte des Herrn Knaller knallte piff, paff puff! Piff, paff, puff!*

Als sie sich beruhigt hatten, besprach Sottkowski mit Meri die Frage, warum die Lautfolge immer *I – A – U* sein müsse, nie gehe es umgekehrt. *Rirarutsch* heiße es im Deutschen, und *Es tanzt der Bibabutzemann*, und in seiner baptistischen Sonntagsschule hatte ihn der Sohn des Predigers immer wieder genervt mit seinem ewigen Geleiere *Rirarurz, der Teufel ließ nen Furz*. Woher diese Abfolge komme, wollte Meri von dem angehenden Wortwissenschaftler Sottkowski wissen, ob das was mit den deutschen Verben zu tun habe, mit *finden fand gefunden, schinden schand geschunden*? Das konnte Sottkowski ihm nicht sagen, er meinte nur, dass sich das andersherum wohl gar nicht aussprechen lasse, das sei keineswegs gehupft wie gesprungen, da bekäme man einen Krampf im Mund, im Kiefer. Zu zweit prüften sie das dann ein Weilchen mit *Ruraritsch* und *Puffpaffpiff*, während die anderen Heikki A. Reenpääs Jagdabenteuern lauschten. Die Kellnerin kuckte ein wenig besorgt, aber der Verleger bestellte einfach eine Runde Jägermeister für alle, da war sie beruhigt, und Meri sagte, dass das im Finnischen auch so sei, zumindest wenn es um die *I-A*-Folge gehe. Und er demonstrierte es wieder ziemlich laustark an Beispielen wie *Yksin kaksin, miksin maksin, nippu nappu, tippu tappu, rii raa rannan pappi*.

Das fand Sottkowski faszinierend, dass zwei so weit voneinander entfernte Sprachen wie das Deutsche und das Finnische in diesem Vokalmechanismus vollkommen harmonierten. Und Meri, 1928 in Karelien, in Viipuri, Viborg, geboren, das heute zu Russland gehört, sagte lachend, dass der Führer die Finnen schließlich nicht umsonst als Hilfsarier akzeptiert hätte, erst bei den Lappen sei Feierabend gewesen, die hätten Aatus Rassekundlern, seinen Vererbungs- und Zuchtexperten, dann doch zu verdächtig ausgeschaut. *Das lag an den Geweihen*, rief einer von der Tischkante gegenüber, an den Hörnern, die ihnen aus der Stirn hervorkucken. Quatsch, an ihren Segelohren liegt es, sagte Sottkowski. Und sie landeten dann bei der Frage, ob das I im Finnischen auch kleiner sei als das U, und ob das A wie im Deutschen väterlicher sei als das I, und ob das U mütterlicher sei als das A, und ob es zugleich wirklich das Ende markiere, die grufttiefdunkle Todesstunde mit ihrem einfältigen Bumbum. *I – A – U! Gitlir kaputt! I – A – U! Gitlir kaputt!* rief der schon ein wenig angetrunkene Georg Adomait in die Runde. Und war es dann Veijo Meri oder doch Sottkowski, der dieses Nonsensgespräch zum Abschluss brachte? Mit der ernüchternden Bilanz des Mephisto jedenfalls, dass zwischen Wiege und Bahre, zwischen Taufe und Begräbnis, zwischen Bim und Bum das Leben ein verschollner Trumm nur sei.

Dann gab es wieder eine Runde Jägermeister und nun hörten sie alle dem finnischen Verleger zu, der mit dem Ausruf *Smashing business!* zu einer weiteren Jagdanekdote ansetzte. In der ging es um eine Bärenjagd in den karelischen Wäldern jenseits der neuen Grenze, in der Autonomen Sozialistischen Sowjetrepublik, der ASSR, wo er einen Riesenauftrag für seinen Helsinkier Otava-Verlag an Land gezogen hatte. Nur sieben Tage nämlich nach der Abschlussfeier im Luschniki-Stadion würde Otava den offiziellen Bildband der Moskauer Olympischen Spiele veröffentlichen, für alle nicht-sozialistischen Länder, und nur Otava habe das Recht, das Olympia-Maskottchen, den Mischa-Bären, auf den Buchumschlag zu setzen. In neun Sprachen gleichzeitig sollte der Prachtband erscheinen, gleichzeitig und auf einen Schlag. Die Bilder von den Wettkämpfen und Siegern würden in allen Ausgaben dieselben sein, nur die übersetzten Texte müssten dann jeweils genau auf die entsprechenden Seiten passen. Aber die Übersetzer würden das schon hinkriegen, das sei das kleinste Problem, zumindest ökonomisch gesehen, das sei das Ende der Nahrungskette, sozusagen. Georg Adomait wollte dazu etwas anmerken, aber der Verleger ließ sich nicht unterbrechen. Viel spannender nämlich als die Übersetzerei sei für Otava die globale Logistik, sagte Reenpää, die Koordinierung mit den kooperierenden Verlagshäusern und Druckereien in Europa, Amerika und in Japan, mit den Papierlieferanten und Auslieferern in all den Ländern rund um die Erde. Aber das sei der größte Auftrag, den sein Verlag in seiner hundertjährigen Geschichte jemals bekommen habe. *Smashing business!*

Und dann sei das alles plötzlich perdu gewesen wegen dieses Boykotts und wegen der Amerikaner und wegen dieser närrischen Russen, die mit ihren Panzern partout in die afghanischen Berge kutschieren mussten. *Smashing business!* rief Reenpää noch einmal lachend. Aber die Bärenjagd in Karelien sei fantastisch gewesen, zum Ausklang der so überaus erfolgreichen russisch-finnischen Verlagsverhandlungen, sogar die uralte Bärenrune, in der der Name des Tieres nicht genannt werden durfte, hatte er mit kräftiger Stimme den Sowjetgenossen aus Moskau halb aufgesagt, halb vorgesungen, auf Finnisch, und dann hatte er sich die Pfoten, die Honigtatzen des von ihm mit einem wahren Meisterschuss erlegten Königs der karelischen Wälder abgeschnitten, und er hatte gedacht, dass es nun bald losgehen würde mit dem Schmausen. Aber dann war einer der Uniformierten erst einmal auf einem Moped mit einem Stück Bärenfleisch zur nächsten Sowchose geknattert, ein unglaubliches Gefährt sei das gewesen, und sie hatten ziemlich lange warten müssen, bis der zurückkam vom Veterinär und leicht schwankend Meldung erstattete, dass alles *charascho* sei mit dem Fleisch des Bären. Zeit sei es freilich auch gewesen für das Essen, nach all dem Wodka. *Smashing business!* rief er ein letztes mal und fragte die Deutschen am Tisch, wie das in ihrer Sprache doch gleich hieße, dieses Sprichwort mit dem Bärenfell und dem Tag, den man vor der Zeit nicht loben dürfe. *Die Beeren der Finnen sind kleiner als die der Russen*, antwortete ihm sein Autor Vejo Meri, *aber schmackhafter.*

Später am Abend, nach noch einer Runde Jägermeister, fragte Sottkowski Veijo Meri nach Unterschieden, die ihm zwischen der deutschen und der finnischen Alltagskultur aufgefallen waren. Der Otava-Autor sagte ohne langes Nachdenken: *Das Küssen.* Sottkowski verstand nicht, was er meinte, und er erklärte es ihm: *Hier in Deutschland küssen sich die Leute ständig. Das ist bei uns in Finnland anders. Da küssen nur die Heiratsschwindler.*

An Reenpääs karelische Bärenjagd und an die Meri-Geschichte vom Küssen hatte Sottkowski viele Jahre nicht gedacht. In den letzten Tagen aber war sie ihm hin und wieder durch den Kopf gegangen und er hatte sich mit der Zeit eine kleine Typologie des Küssens und Geküsstwerdens zurechtgelegt, auch weil er das Küssen zwar mochte, aber nicht das richtige Küssen, bei dem der Speichel von Mund zu Mund fließt, weil das, so sagte er sich das, das Intimste zwischen zwei Menschen doch überhaupt sei.

Vielleicht, so überlegte er sich das jetzt, müsste er das auch mit seinen Studenten einmal besprechen, am besten in der von Professor Zahldorf initiierten Gommersbacher Ringvorlesung mit ihrem Liebestöter-Titel *Kulturunterschiede in inter-, intra-, trans- und ko-kulturellen Dimensionen.* Ausgehend von Flemings *Wie er wolle geküsset sein* könnte er das Thema angehen, von jenen Versen, die Conrady einst den Kölner Germanistik-Studenten aus seinem *Großen deutschen Gedichtebuch* in einer Vorlesung zur Barock-Literatur rezitiert hatte, mit Sottkowski seinerzeit durchaus unangenehmer Altherrengenießermiene: *Nirgends hin als auf den Mund: / Da sinkt's in des Herzens Grund; / Nicht zu frei, nicht zu gezwungen, / Nicht mit gar zu fauler Zungen. // Nicht zuwenig, nicht zuviel: /*

Beides wird sonst Kinderspiel […] / Halb gebissen, halb gehaucht, / Halb die Lippen eingetaucht, / Nicht ohn Unterschied der Zeiten, / Mehr alleine denn bei Leuten. // Küsse nun ein jedermann, / Wie er weiß, will, soll und kann! / Ich nur und der Liebste wissen, / Wie wir uns recht sollen küssen.

Für die Heiratstypologie ergab sich anhand von Meris Geschichte über die deutsch-finnischen Kulturunterschiede beim Küssen immerhin Folgendes: 1. Da X ein Finne ist, kann er kein Heiratsschwindler sein. 2. Wenn Y ein Finne wäre, wäre er ebenfalls kein Heiratsschwindler. 3. Er selbst wäre ein Heiratsschwindler, wenn er ein Finne wäre. Als Sottkowski sich das nach einigem Grübeln endgültig klargemacht hatte, war er richtig froh, dass er keins von beiden war. Und er dachte überhaupt nicht daran, auf jene griechisch tönende Stimme in ihm selbst zu hören, die ihm voll Vorfreude zuraunte: *Wenn Du wüsstest!*

Kopftheater

Dass diese vorletzte Mittwochskonferenz des Wintersemesters eine außergewöhnliche Veranstaltung werden müsste, war Professor Sottkowski sofort klar, als er bemerkte, dass in den vierundzwanzig Dolmetschkabinen die Lichter ausgingen. Die auf ihre ersten Sätze wartenden Dolmetschstudenten wollten einfach besser erkennen können, was sich da an der Stirnwand des abgedunkelten Europa-Saals der Hochschule für Übersetzen und Dolmetschen abspielte. Denn nur schwach ausgeleuchtet waren die auf Videosequenzen festgehaltenen Bewegungen, die der Kollege aus Athen – 50 Jahre war er alt und wie 40 sah er aus – den Gommersbacher Studenten und Kollegen zunächst einmal zeigen wollte, als *swing into the topic*, wie er auf Englisch sagte, als Einschwingung auf sein Thema *Interkulturalität im Theater des Theodoros Terzopoulos.*

Als erstes erschien an der Stirnwand des Saals ein sperrangelweit geöffneter Mund, der sich überhaupt nicht bewegte. Maskenhaft wirkte er, auch waren die Lippen über die Zähne geschoben, es sah aus wie eine Fotografie, wie ein völlig ins Erstarrte gebannter Schrei. Aber dann bewegte der Wind eine von der Stirn herabhängende Haarsträhne und ganz leicht zuckte dann doch etwas in diesem Mund. Die Zunge schnellte plötzlich nach vorn. Und wieder zurück, in den finsteren Rachen. Dann wurden die Lippen hochgezogen, die obere Zahnreihe erschien im Bild, dann die untere. Aber der Mund zitterte bei diesen Bewegungen nicht. Er wurde wie in langsamster Zeitlupe noch etwas weiter geöffnet, und dann kam tatsächlich dieser Schrei. Das war nicht irgendein Schrei, es war *der* Schrei. Nicht der aus Munchs berühmtem Gemälde, sondern der allererste Schrei überhaupt, der Urschrei.

Zu dolmetschen war da nichts. Die Kabinen blieben stumm, dunkel. Und was anschließend auf der Leinwand erschien, konnte ebenfalls für sich stehen und brauchte keine Translation. Die Worte, die die Schauspieler langsam zu sprechen begannen, waren ohnedem dank der englischen Untertitel für alle verständlich: *Who… killed… him?* Und jetzt erst sah man, dass dieser Mund einer Frau gehörte mit langen schwarz gelockten und von Wut und Schmerz zerzausten Haaren. *Elli auf der Überfahrt nach Spinalonga,* musste Sottkowski denken. Sie stand mit entblößter Brust, die Füße in grobkörnigem Sand, um sich wiederum in Zeitlupentempo auf der Erde kreisförmig sich bewegende und von einem Kampf auf Leben und Tod noch deutlich gezeichnete Männer.

Über ihrem Kopf hielt sie etwas wie einen ausgehöhlten Riesenkürbis. Einen abgeschlagenen Schädel stellte die Kugel dar, mit Löchern für Augen, Nase und Mund. Den schob sie ganz langsam hin und her, erst nach vorne, dann nach rechts, dann nach hinten, dann nach links und wieder nach vorne, als wollte sie mit dieser Totenkugel ein quadratisches Fenster in den finsteren Himmel ritzen: *How... did... this... come... into my hands?* würgte es aus ihr heraus. Und ihr antwortete eine zweite Stimme, wieder extrem gedehnt: *It… was… you… and… your sisters.* Und nun rollte sie vor ihnen ab, die Mutter aller Tragödien, die Geschichte von der Zerreißung, der dionysischen Schächtung des Pentheus im Waldgebirge von Kithairon durch die in bacchantischer Opferwut rasenden Mänaden und durch Agaue, des Pentheus eigene Mutter.

Nach zehn Minuten schaltete der Techniker das Licht im Saal wieder ein. Alle stülpten sich die Kopfhörer über, wählten den Kanal mit ihrer Muttersprache und blickten gespannt und ein bisschen skeptisch belustigt auch auf den zierlichen griechischen Professor vorne am Rednerpult. Für die Jahreszeit schien er etwas leicht bekleidet, mit seiner dünnen weißen Leinenhose und dem schwarzen Seidenhemd, auf das rote Kreise gedruckt waren, ein Quadrat und ein großes X. Die Studenten des Masterstudiengangs Konferenzdolmetschen mussten jetzt beweisen, ob sie sich, unterstützt durch Karsten Ostarhilt vom Arbeitsbereich Griechische Sprache und Kultur, ausreichend vorbereitet hatten. Hatten sie, aufs Ganze gesehen gewiss. Obwohl der Referent gar nicht über das dozierte, was Professor Sottkowski in seinen Begrüßungsworten an interkulturellen Aktivitäten jenes griechischen Theatermanns herausgestrichen hatte, um den es auf dieser Mittwochskonferenz gehen würde, um Theodoros Terzopoulos.

Denn natürlich hatte der Germanist Sottkowski auf die Deutschlandkontakte des 1947 unweit des Göttervbergs Olymp geborenen Regisseurs abgehoben, auf dessen Lehrjahre am Berliner Ensemble, in der DDR der frühen 70er Jahre, auf seine Förderung durch den Brecht-Clan, seine Kontakte zu Ekkehard Schall und Ruth Berghaus und zu Heiner Müller vor allem. Den er später sogar nach Griechenland geholt habe für bedeutsamste Antiken-Projekte, an denen sich aber auch nicht-deutsche Autoren beteiligt hätten, Größen wie Bob Wilson und Wole Soyinka, noch bevor der den Nobelpreis bekam. Eine wahrlich interkulturelle Biographie sei das also, das Leben und Werk des Theodoros Terzopoulos. Gespannt seien sie nun alle auf die Ausführungen ihres Gastes, des weit über die Grenzen seines Heimatlandes hinaus bekannten Semiotikers Nikos Tsountas. *Wir freuen uns auf Ihren Vortrag!*

Doch auf das deutsch-griechische Lebensgeflecht seines Helden ging Professor Nikos Tsountas überhaupt nicht ein. Das schien er als absolut bekannt vorauszusetzen. Auch interkultureller Kulturaustausch, mit Goethe und Kognakgläsern in der Hand, würde sein Thema nach diesem furiosen Einschwingen kaum sein können. Tsountas wollte auf Griechisch sprechen, und so waren die beiden Dolmetschstudenten in der Griechisch-Kabine mehr gefordert als alle anderen. Denn sie hatten die Ausführungen des Referenten ins Deutsche zu bringen, von wo aus in den anderen Kabinen in die weiteren Sprachen gedolmetscht werden musste, ins Russische, Spanische, Französische, Türkische, zum Beispiel. Und unterlief den beiden Studenten in der griechischen Kabine ein einziger Patzer, so setzte der sich in alle anderen Sprachen fort. Dieses hochkomplexe Relais-Dolmetschen brachte freilich zusätzlichen didaktischen Reiz in die Gommersbacher Mittwochskonferenz.

Sottkowski, der die Sprachenwahlfrage gerade geklärt und dem Techniker im Regieraum ein entsprechendes Zeichen gegeben hatte, zuckte dann jedoch noch einmal zusammen, als Tsountas nämlich gar nicht auf Griechisch seinen Vortrag begann, sondern auf Französisch: *Moi, c'est un autre!* sagte er dreimal hintereinander, wobei er mit seinen ausgestreckten Armen zwei große Kreise in die Luft des Hörsaals malte. Dann blickte er durch seine viereckige schwarze Hornbrille freundlich, fast kindlich lächelnd in die Zuhörerrunde. Nun wurde es ernst. Achtundvierzig Augenpaare schauten ihn aus den Dolmetschkabinen erwartungsvoll an, als wollten sie ihm seine Rede von den Lippen ablesen. Tsountas nahm sein Manuskript in die Hände, hielt es dicht vor die offensichtlich viel zu schwache Brille und schaute erst wieder ins Publikum, als er das daheim in Athen Ausformulierte komplett heruntergelesen hatte, mit völlig monotoner Stimme und in irrwitzigem Tempo, wohl auch, weil er zu Recht davon ausging, dass die vor ihm Sitzenden ohnehin kein Wort Griechisch verstünden. *Hat diese griechische Kuh ihrem Landsmann doch nicht unsere „Tips for Speakers" geschickt? Darum wollte sie sich doch kümmern*, dachte Sottkowski. Aber nun war eh alles zu spät.

Zwei Minuten lang hörte Sottkowski durch seinen Kopfhörer nur das Atmen des Dolmetschstudenten und im Hintergrund die Satzkaskaden des griechischen Professors. Dann legte der Dolmetscher endlich los und nur

Sekunden später begannen auch die Studenten in den 23 anderen Kabinen mit der weiteren Verdolmetschung seines aus dem Griechischen ins Deutsche gebrachten Wortsalats: *Weder als festlich ergraut klassizistisch noch als monokulturell graekokondensiert lässt sich theaterwissenschaftlich charakterisieren. Das, was wir in den revolutionären Arbeiten vom Theodoros Zertropoulos erlebt wurden. Im Gegenteil: Das ist in weitgeschrittenstem Sinne interkulturell absolut global und eben graekozentral nicht.* Einige Zuhörer ruckelten an ihren Kopfhörern, als könnten sie diese Sätze nicht ganz zusammenbringen mit den eben gesehenen nackten Brüsten und aufgerissenen Mäulern.

Sottkowski schaute entgeistert zum Redner, aber der war längst über alle Berge. Beim Terzopoulus habe es, fuhr der Dolmetscher mit etwas fester werdender Stimme fort, in geradewegs erschütternder Kühnheit und atemberaubender Konsequenz geklappt, die diversen Szenenpräsentionen vom Tragischen, die Tragödie, aus den mystischen Ritualien vom weiten Östlichen, vom Kolumbischen und aus Afrika sogar innovativisch zu zermischen. Der Hellene, sagte der Dolmetscher, errichte beim Orchester im Proskenion ein typisches All, den mini-interkulturellen Kosmós, einen archetypischen Kleinkompóss, einen Mikrokosmós.

Die Stimme in Sottkowskis Kopfhörer klang wie die eines Ertrinkenden. Und das handhabe sich manifest, sagte diese immer wieder stockende Stimme, wenn wir das simple szenische Zimmer, den Raum also mit dem

Szenario. Wie wir das ins Gedächtnis holten. In die hätten wir Blicke werfen müssen. Aber leider noch durch problembeladene Videoschnitten. Diese Kernthese, sagte der Dolmetscher, könne er jetzt verklären. Er werde das machen mit vier symbolistischen Symbolen. An denen werde es exempeln, sagte der Dolmetscher. *Erstens am Zirkus. Nein: am Kreis. Zweitens an dem durch Aufblasen verwandten Ballon. Drittens am sechsstrahligen Gestirn vom salomonischen Stempel und mit einer verschobenen Triangel des Christós. Sowie schließlich und drittens mit dem X, das Kreuz mit gespreizten Armen und Schenkeln. Vier basale Elemente also. Die waren auch in kurzen Schnitten im Prolog gewesen. Den Ballon hält ein Schauspieler von den Bakchen.* Eine Tragödie vom Eurip sei das, sagte der Dolmetscher.

Sottkowski hatte es längst aufgegeben, für die Nachbesprechung der Dolmetschleistung noch etwas auf seinen Notizblock zu schreiben. Er wagte es auch nicht mehr, Karsten Ostarhilt anzuschauen und zwischendurch in die schwedische oder finnische Verdolmetschung hineinzuhören, um sich zu vergewissern, dass es mit dem Relais heute funtionierte. Aber der Griechisch-Student kapitulierte nicht, im Gegenteil. Verträumt schaute er durch sein Kabinenfenster auf Tsountas' im Takt seiner Ausführungen vor- und zurückwippenden zerbrechlichen Körper, dessen Augen und Mund er freilich nicht sehen konnte, die blieben die ganze Zeit hinter einer Wand aus Papier. Der Student fand trotzdem in die Satzmelodie des Redners. *Immerzu und immerzu*, so klang es plötzlich richtig trochäisch munter aus der griechischen Kabine und Sottkowski sah, wie der Dolmetscher hinter der Glasscheibe anfing, völlig gelöst mit seinen Armen durch die Luft zu rudern. Er konnte jetzt auch erkennen, was sich der Student in goldenen Lettern auf sein dunkelblaues T-Shirt hatte drucken lassen, quer über die Brust: *Oh Herr schmeiß Hirn vom Himmel!* Immerhin ein Anfang, dachte Sottkowski und konzentrierte sich wieder auf den Wortsalat, auf die Verdolmetschung.

Immerzu und immerzu also halte der den Ballon auf seinen Händen, hieß es im Kopfhörer, diese volle und vollends vollendete Rundung. Und damit weise er direkt auf das androgyne Sein vom Dionyss, mit dieser Rundung. Alle Gegensätze seien da weg. Alle starren Grenzen seien weg. In dieser vollendeten Rundung, in dieser Kugel seien die einfach weg. In der Kugel seien die schlichtweg und vollends weg. In diesem immerzu in eine einzige Zeit und einen einzigen Raum aufgeblasenen Kreis seien die weg. Und die blieben weg, die blieben für immer weg, blieben weg für immer und ewig. Dort, dort endlich gebe es keinen Anderen mehr. Dort endlich gebe es keine Trennungen mehr. Keine Trennungen mehr gebe es dort, dort endlich in dieser Kugel, keine Trennungen mehr in Männliches und Weibliches, kein Zerrissensein mehr dort in der Kugel, kein Zerrissensein in Oben und Unten, keine Spaltungen mehr in dieser Kugel, keine Spaltungen in Vorne und Hinten, in Gestern und Heute, in Himmel und Hölle. Niemand auch bewege sich in dieser Kugel. Niemand auch sei wichtiger als der zweite in dieser Kugel.

Niemand mehr und niemand niemals mehr. Wie bei Yin und Yang sei das in dieser Kugel, wie bei Adam und Eva und wie in der Kabbala auch. Alles fließe in dieser Kugel ein in nur noch ein Bild, in ein einziges rundes Bild. Und alles das werde Symbol vom Ganzen, alles Ganze werde weltumspannende Kugel und Ganzheit, immerzu und immerzu. Und das sei das A und das O, das sei das Anfang und das sei das Ende, das sei das Mythos und das sei Tragödie, und das sei haftige, das sei wahre, das sei die wahrhaftige Interkalturalititis.

Doch dann stockte der Herr-und-Hirn-Dolmetscher wieder. Eine Minute lang hörte man auf dem deutschen Kanal nichts als das Atmen eines schwer Erschöpften. Nur aus den anderen Kabinen und Kopfhörern klang noch der dreiundzwanzigsprachige Singsang von Kugel und Kreis und von Yin und von Yang. Mit erneut zerfasernder Stimme setzte der Dolmetscher wieder an und erklärte, dass im dialektischen Gegentum jedoch beim Zentropoulos und beim geschenkelten Zeichen X eine Verkrümmung vom Kruzifix vorliege.

Weiter kam er diesmal nicht. Denn es gab eine längere Pause und plötzlich eine andere Stimme im Kopfhörer, eine weibliche. Die beiden Studenten in der griechischen Kabine hatten sich nach fünfzehn Minuten Vortragszeit turnusgemäß abgewechselt. Eine Variation des Kreuzes sei dieses X, begann die Stimme der Studentin. Und von hier aus zählte sie in ruhigem Ton und ganz konzentriert all jene Konnotationen der Viergliedrigkeit auf, die sich zu den verschiedensten Zeiten und in den unterschiedlichsten Kulturen, beileibe nicht nur der christlichen, an dieses Kreuz-Zeichen, an dieses X, geheftet hätten. Diese Konnotationen brachte sie wiederum mit dem Bühnengeschehen in Verbindung, bis hin zu den Himmelsrichtungen, den vier Jahreszeiten und den vier Naturelementen Feuer, Luft, Wasser und Erde. Diese ihrerseits würden – im *Gefesselten Prometheus* des Terzopoulos – durch Hephaistos, Hermes, Okeanos und die Göttin Io repräsentiert. Sottkowski bemerkte das Aufatmen in den anderen Kabinen, er schaute kurz zu Karsten Ostarhilt hinüber und hoffte inständig, dass der griechische Gastreferent noch ein Weilchen bei diesen Dingen, diesen vier Elementen, verweilen möge. Das tat er, und das war schön, denn nun wurde doch noch alles gut.

Insgesamt, so schlossen Professor Tsountas und seine Dolmetscherin ihre Darlegungen zur Bedeutung von Kreis, Kugel und X in der Geometrie des Bühnenraums, in der Anordnung und Auswahl der Requisiten, in den Inszenierungen des griechischen Meisterregisseurs bis hin zu seinen Arrangements der Schauspielkörper, insgesamt also zeige das alles ein von aller Technokratie unbeflecktes, auf die Kraftquellen des Körpers selbst bezogenes Theater. Und dieses nahezu wortlose Theater des Theodoros Terzopoulos sei kompromisslos anthropozentriert, wesenhaft menschlich und multikulturell kompatibel, eben wegen seiner Sprachlosigkeit und gerade deswegen auch vom Wesen des Mythos und der Tragödie am dichtesten entfernt.

Etwas schütter blieb der Beifall dennoch am Ende des ersten Teils dieser Mittwochskonferenz. Aber dafür kam nun auch die Hochschulpräsidentin in den Saal gerauscht, begrüßte mit Küssen und Umarmungen ihren Landsmann Nikos, fuhr mit ihren lindgrün lackierten Fingernägeln bewundernd über sein Seidenhemd, lobte in deutscher Sprache dessen neue Brille, die seinem ovalen Profil herrliche Ecken und Kanten verleihe, wechselte dann ins Französische und entschuldigte ihre Verspätung mit einem leider unaufschiebbaren Telefongespräch mit der *Direction générale de la traduction* in Brüssel. *Sorry, mes enfants!* rief sie mit ausgebreiteten Armen den Studenten zu. Auf Englisch bat sie sodann ihren lieben Kollegen Professor Sottkowski, mit der Moderation des hochaktuellen Vortrags unseres Athener Kollegen doch bitte fortzufahren. Platz nahm sie auf dem Stuhl neben Sottkowski, der eigentlich für den Referenten reserviert war. Aber Professor Tsountas blieb einfach am Rednerpult stehen und alle setzten sich wieder die Kopfhörer auf.

Bevor Sottkowski die Diskussionsrunde mit ein paar aufmunternden Bemerkungen eröffnen konnte, stieß ihn Elefteria noch an und wollte wissen, wie sich ihr Kevin denn geschlagen habe. *Der Typ ist genial*, sagte Sottkowski und wusste jetzt, wer jene wissenschaftliche Hilfskraft, jener neue Hiwi war, von dem Elli neulich so geschwärmt hatte. *War es so schrecklich?* wollte sie noch wissen. *Du wirst ja gleich hören*, sagte Sottkowski, *Lass uns erst mal weitermachen.*

Körpersprache

Das Publikum bestand je zur Hälfte aus deutschen und nichtdeutschen Studenten. Heute wagte sich eine DAAD-Stipendiatin aus St. Petersburg als erste mit ihrer Frage hervor. Die bezog sich auf das Viereckige und Kreisförmige und darauf, ob Terzopoulos sich bei der Wahl dieser Symbole bzw. Zeichen auch am russischen Suprematismus orientiert habe, an Malewitschs *Schwarzem Quadrat*. Elli nickte Sottkowski anerkennend zu. Professor Tsountas hörte sich die Verdolmetschung aus dem Russischen ins Griechische an. Das dauerte ein Weilchen, denn jetzt musste der Umweg über das Deutsche genommen werden, aus dem die Dolmetscherin in ihre B-Sprache Griechisch arbeitete. Sottkowski war froh, dass Kevin, dieser famose Herr-und-Hirn-Bursche für diese Aufgabe nicht in Betracht kam, denn der hatte nur passives Griechisch. Tsountas bestätigte die Vermutung der Petersburger Studentin. Die Reduktion der Bühnenbilder des Terzopoulos und seiner Figurenarrangements auf Kreis, Quadrat und Kreuz sei natürlich von der russischen Avantgarde beeinflusst. Das erkenne ja wohl jeder auf den ersten Blick. *Haben Sie weitere Fragen?* sagte Tsountas.

Ein deutscher Student meldete sich und sagte, dass der Herr Sottkowski in seiner Begrüßung auf die Lehrjahre des griechischen Regisseurs in der ehemaligen DDR hingewiesen habe. Aber von Brecht sei weder in den Filmausschnitten noch in den Ausführungen des Referenten über aufgeblasene Kugeln und das gleichschenklige X etwas wiederzuentdecken gewesen. Ob er ihnen das mit dem Brecht und diesem Griechen bitte noch etwas genauer erläutern könne.

Tsountas wartete auf die Verdolmetschung der Frage, nahm die viereckige Brille von der Nase und schaute etwas verwirrt in die studentische Runde. Er nickte kurz mit dem Kopf, bedankte sich auf Französisch für die Wortmeldung und sagte, auf Griechisch nun wieder, dass er bei seiner Antwort auf diese wirklich richtige Beobachtung und wichtige Frage des lieben Kommilitonen vom Begriff des Epischen ausgehen wolle. Aus dem Kopfhörer sprach jetzt wieder Kevins Stimme, die sich hörbar erholt hatte. Dieses Epische, sagten Tsountas und sein Dolmetscher, sei dem Fragesteller gewiss aus dem Schulunterricht vertraut als etwas doch ganz Zentralem beim Brecht und bei dem seiner Theorie vom Theater. Nun, auch Zertropoulos habe den Begriff *Episches Theater* wohl vom Brecht, wie auch den vom fremden Effekt, aber die Sache selbst, die dahinter, die habe er anderswo erfahren, nicht als Theorie, sondern als Wirklichkeit, als richtig wirkliche Wirklichkeit. Denn, und das zitierte der griechische Professor nun sogar auf Deutsch, *Grau, teurer Freund, ist alle Theorie, doch grün des Lebens goldner Baum.* Kevin zögerte einen Moment und stotterte dann etwas auf Griechisch. Die Studentin neben ihm in der Kabine zeigte ihm einen Vogel. *Klassisch griechische Kabinendisziplin!* flüsterte Elli Sottkowski zu. *Und unzureichende Mikrophonhygiene,* gab der ihr zurück. *Wahrscheinlich wieder Mundgeruch,* sagte Elli etwas lauter und fing sogar an zu kichern.

Das Epische also, erklärte derweil Tsountas' studentischer Dolmetscher, habe Zertropoulos erfahren in jenem Tabakdorf in der Nähe vom Olympischen. Dort habe der Theatertyp seine Kindheit verlebt. Darauf habe unser feiner Kollege Martin vor dem Einschwingen ganz zu Recht gewiesen. Und dort, unter diesen Tabakläden also, sei der mit dem Epischen gewachsen. Das Epische habe der Zertropoulos nicht durch eine frühe Lektion vom Brecht gekriegt, sondern durch Mini-Geschichten, durch die kurzen Epos-Geschichten von den Leuten dort bei den Olympischen.

Bei den Olympischen Spielen wahrscheinlich, im Stabflachspringen platzte es aus Elli etwas zornig heraus. Die Melodie von diesen Geschichten, die seien aber orientalisch, immer orientalisch, was unserem großen Regisseur aber später klar geworden sei. Also mit diesen orientalischen Melodien, mit diesen Rhythmoi von olympischen Epoi sei Zentropoulos aufgewachsen. Und später dann habe er in Berlin das Lied vom Brecht gehört, das Grusellied aus dem *Zirkus im Kaukasus.* Elli prustete erneut los, drohte mit dem Zeigefinger Richtung griechische Kabine und Sottkowski schrieb doch noch etwas auf seinen Notizblock. Aber da in Berlin sei ihm dieses Lied schon bekannt gewesen. Das in Berlin, sagte der Dolmetscher, sei Wiederkennen gewesen, kein Kennen zuerst von dem Epischen. Das Epische habe Zertopoulos aus dem Herzen genommen, nicht mit seinem Kopf. Und das Orientalische, Asiatische, auch Türkische, das sei ein Teil vom Regisseur, ein Teil von dem seiner kindischen Erinnerung, und das stehe bei dem auf gleich neben der europäischen Paradosie, der Paradosie vom Brecht. Die habe er dann als Schüler lieb gewonnen und als Student und in seiner Zeit in Berlin.

Ein anderer, wieder ein Deutscher, sagte, dass in einem Theaterstück in der Nachfolge Brechts doch etwas erklärt werden müsse. Da sollte doch wohl gesprochen und diskutiert werden, sonst sei da doch gar nichts zu verstehen und zu lernen. Und das gelte nicht nur für Brecht, sondern eigentlich für jedes Theaterstück.

Eine finnische Studentin stimmte dem bei und verdeutlichte dem griechischen Gast das Gemeinte: Um den Text, um das Informationsangebot, um den Botschaftsträger im Verbund gehe es doch, wie Justa Holz-Mänttäri das bereits 1984 in ihrer Tamperenser translatologischen Basisstudie zum translatorischen Handeln bewiesen habe. Ohne Texte als Botschaftsträger brauchte man auch gar keine Translatoren, aber das nur nebenbei, weil fast alle hier im Saal nun mal professionelle Translations-Studierende seien. In den zehn Filmminuten, die er ihnen vor einer Stunde zum Einschwingen vorgeführt habe, sei aber fast gar kein Text vorgekommen. Oder das sei eine Taubstummen-, eine altgriechische Gebärdensprache gewesen, die sie noch nicht kenne, obwohl sie sich schon viel mit der Gebärdentranslation befasst habe, auch mit der in Griechenland gebräuchlichen.

Die Abwesenheit von Text und Sinn, sagte dann eine polnische Studentin, könne man nicht dem Translator bzw. der Translatorin anlasten, denjenigen, die die englischen Untertitel kreiert haben. Deren Namen aber, aber auch das nur nebenbei, sei auf dem Abspann mal wieder verschwiegen worden. Solche Invisibilität der Translatierenden verstoße gegen geltende DIN-Normen und sei ein Skandal. Warum das im EU-Staat Griechenland so gehandhabt werde? Ob die Brüsseler Richtlinie zum Urheberrecht in Griechenland etwa noch immer nicht in nationales Recht translatiert worden sei?

Während der Relais-Verdolmetschung dieser polnischen Wortmeldung begann Elefteria mit ihrem Haar zu spielen, eine lange Strähne wickelte sie um den linken Zeigefinger, zog sie dann stramm und bat Sottkowski, ihr doch bitte mal den Namen dieser Polin aufzuschreiben, irgendwann bewürbe sich schließlich jeder um ein Stipendium. Sottkowski schrieb ihr den Namen einer Warschauer Studentin auf, die vor fünf Jahren schon ihr Gommersbacher Diplom bekommen hatte. *Kiitos*, sagte Elli und setzte ihr Siegerlächeln auf. Sottkowski wusste, dass sie die Sache rasch vergessen haben würde, denn nachtragend war Elli nur, wenn es um ihre persönlichen Interessen ging, nicht bei Fragen der nationalen Ehre ihres Heimatlandes.

Langsam dämmerte dem griechischen Gast unter seinem Kopfhörer aber nun doch, dass dieses Gommersbacher Publikum offenkundig eine ganz andere Vorstellung von Theater hatte als er selbst. Dass die fünfzig jungen Leute an dem großen hufeisenförmigen Tisch vor ihm und die anderen knapp fünfzig in den Dolmetschkabinen vielleicht noch nie etwas von Körpertheater und postdramatischem Theater gehört hatten, dem Theater ohne Worte. Aber Tsountas legte nur sanft lächelnd den Kopfhörer beiseite, beugte sich wieder zu seinem Mikrophon und blieb stur beim Thema Episches Theater, denn von DIN-Normen und der Übersetzung europäischen Urheberrechts verstehe er leider rein gar nichts.

Das Epische, so fuhr er fort und so sprach es ihm die weibliche Stimme nach, sei im Grunde Erinnertes und Gesprochenes. Und wie habe wohl die Erinnerung so viel Gesprochenes bewahren können, durch die Jahrtausende vor dem Aufkommen der Schrift? Durch den Rhythmus sei das geschehen und geschehe das heute noch, nicht durch den Inhalt, sondern durch den Rhythmus, nur durch die Art und Weise, wie die Wörter und Sätze gesprochen würden. Der Rhythmus aber verbinde das Gesprochene direkt mit dem Körper selbst. Der Rhythmus grabe sich in den Körper ein, der Körper selbst bewahre so das Grundmuster des Erzählten. Nicht der Kopf sei das, sondern der Körper. Das habe dieser Theatermann aus der Gegend um den Olymp früh entdeckt, in den Erzählungen der Tabakbauern dort, und er habe sich dann dem indischen, chinesischen und japanischen Theater und dessen Tradierungen zugewandt, und er habe dort diese Muster und Rhythmen seiner dörflichen griechischen Kindheit wiederentdeckt, wiedererkannt, und das wahrlich in anderen Dimensionen als in Brechts

Gruscha-Liedchen in der damals schon völlig veralteten Inszenierung des *Kaukasischen Kreidekreises* am Berliner Ensemble.

Auch die archaischen Bezüge habe es dort gegeben im asiatischen Theater, auch im indischen Film, und so habe er begriffen, dass in der Abgeschiedenheit Nordgriechenlands mit seinen uralten Ritualen, etwa dem Laufen über glühende Kohlen, der alte Dionysoskult noch lebe, trotz Christianisierung, trotz des Versuchs vorher schon der attischen Demokratie, die Menschen den Olymp erobern zu lassen und die Götter zu stürzen. Dabei aber sei der Mensch gescheitert. In Griechenland überschneide sich, so sagten er und seine Dolmetscherin das, bis heute Asiatisches und Europäisches. Körper und Kopf seien dort eben noch nicht so brutal auseinander gerissen wie hier in Gommersbach, offenbar. Aber in Paris und London, setzte er dann gleich und sehr versöhnlich hinzu, sei das auch nicht besser.

Tsountas machte eine Pause und blickte ins Publikum. Bevor jedoch Sottkowski einem weiteren Fragesteller das Wort erteilen konnte, setzte er noch einmal an. Es sei vielleicht gar nicht das Epische primär, was Terzopoulos mit Brecht verbinde, auch wenn der Meisterregisseur selbst das in Interviews so dargestellt habe. Das mit Brecht Verbindende seien doch eher die streng geometrischen Elemente, die Kreise und Quadrate, die radikale, die reine Abstraktion, die er vornehme. Das gebe es bei Brecht auch, nicht nur im *Kreidekreis*. Beide wollten kein psychologisches Theater mehr, kein naturalistisches sowieso. Beiden Theatermännern gehe es um Modelle.

Die Studenten sollten doch nur an Brechts Lehrstücke denken, an die *Maßnahme* und an – und nun stockte die Stimme der Dolmetscherin doch einmal für einen kurzen Moment – an dieses Stück über die Bäckerei zum Beispiel. Dieses Stück, dieses Lernstück über die Backwaren habe Terzopoulos früh schon inszeniert. Nur was bei Brecht in diesem Bäckerei-Lernstück ganz über den Intellekt laufe, über den Kopf, das habe der griechische Regisseur in die Körper verlegt. Und da gehe es dann stets um Grunderfahrungen, die wir in allen Kulturen finden könnten, nur seien die in Europa verschüttet. Genau deshalb habe dieser Regisseur so viele Anregungen aus anderen, fernen Kulturen genommen. – – – *Aber eben auch ein bisschen aus Brechts 1929/30 entstandenen und erst am 13. April 1967 am Berliner Ensemble uraufgeführten und im 10. Band der Gesamtausgabe zu findenden Lehrstück mit dem Titel „Der Brotladen"*, fügte die Dolmetschstudentin etwas unvermittelt und ziemlich hektisch an.

Sottkowski sah, wie sie in ihrer Kabine zufrieden lächelnd auf den Minimonitor ihres Laptops starrte und dann wieder zum Redner aufsah. Was sind das doch für phantastische Sinnesorgane, dachte er und ärgerte sich einmal mehr über ihre Gommersbacher Imagebroschüre mit dem Papagei auf dem Umschlag. Den einen Satzteil spricht sie mit dem Mund auf Deutsch, ein anderer wird irgendwo in ihrem Hirn griechisch-deutsch umgemodelt und einen dritten hört sie sich mit den Ohren auf Griechisch an, das alles simultan, und dann sucht sie simultan mit Fingern und Augen auch noch auf ihrem Laptop nach dem korrekten Namen dieses nebensächlichen Brecht-Stücks. Nur ihre Nase ist noch nicht simultan in Aktion, dachte er und sagte zu Elli, die ihn eben gefragt hatte, ob er die Papiere für nachher, für ihre Besprechung im Ministerium, schon durchgeschaut habe: *Nein danke, das könnte ich nie, nie und nimmer!*

Nun meldeten sich vermehrt Studenten aus Nicht-EU-Staaten zu Wort, Studenten aus Marokko, Lateinamerika, China. Und sie brachten Beispiele aus ihrer Kindheit und Jugend, erzählten (auf Arabisch, Spanisch, Chinesisch) von Gauklern und Tänzern und Geschichtenerzählern und wollten von Tsountas genauer erfahren, wie so etwas den Europäern Grundfremdes in ein europäisches Theater von heute habe Eingang finden können. Der zierliche griechische Professor berichtete ihnen mit zunehmender Geschwindigkeit in der Stimme über das Attis-Theater, über jene Wohngemeinschaft von fünf oder sechs begeisterten jungen Theaterleuten, die alle kaum Geld gehabt, aber etwas gänzlich Neues ausprobiert hätten. Nicht Texte wollten die auswendig lernen und papageienhaft vor leeren Stadttheater-Stuhlreihen aufsagen, Texte, die man tatsächlich viel bequemer zu Hause im Schaukelstuhl selber lesen und durchdenken könne. Nein, die hätten Sport getrieben, hätten ihre Körper und Seelen gestärkt, hätten zusammen Wanderungen unternommen, ohne Karte, einfach hinein in das Unbekannte und Archaische der griechischen Bergwelt, hätten gemeinsam gekocht und gemeinsam Tee getrunken, heftigst, und jeweils von abends um fünf bis morgens um fünf hätten sie dann geprobt, viele Monate lang. Durch diese beharrliche Körperarbeit seien sie reif geworden, seien sie stark geworden, hätten sie sicher im Leben gestanden und ruhig auf ihre Zukunft geschaut. Geprobt hätten sie dort in ihrer anarchisch-dionysischen Wohngemeinschaft jenes Stück, aus dem er ihnen eingangs einige winzige Szenen nur gezeigt habe, auf jener problematischen Videoaufnahme, die ja immer nur einen Ausschnitt festhalte und nicht das ganze hochkomplexe zeichen- und symbolreiche Bühnengeschehen erkennen lasse.

Bei der Premiere in Delphi, die er selbst gesehen habe, Mitte der 80er Jahre, sei es zu unglaublichen Tumulten gekommen. Das griechische Publikum habe diese Aufführung als unentschuldbare Schändung seiner heiligsten Kulturgüter empfunden. Dieses Publikum hätte die Schauspieler und den Regisseur am liebsten totgetrampelt. Aber es habe dann auch eine positive Resonanz gegeben. Das Neuartige sei registriert, diskutiert und schließlich von Kulturwissenschaftlern wie ihm analysiert und kontextualisiert worden, so dass das Verständnis für diese Theaterrevolution gewachsen sei. Am Ende sei das Stück in dieser Inszenierung von 1984 mehr als dreihundertmal gespielt worden, auf der ganzen Welt, rund um den Globus. Auch bedeutende europäische Regisseure hätten sich sehr beeindruckt gezeigt, etwa Hansgünther Heyme, der jetzt hier, ganz in der Nähe von Gommersbach, ein neues Festival ins Leben gerufen habe. Dort sollten die

Studenten sich einmal umschauen, ob es auch in Heymes Inszenierungen Spuren solch wahrhaft interkulturellen Bühnengeschehens gebe.

Eine Interkulturalität sei das als Bedürfnis des Körpers, des befreiten Körpers, der dann auf die Suche nach seiner Entsprechung gehen könne, auf die Suche nach einem Partner für den Dialog. Im Alleinesein gebe es keine Harmonie, nur im Treffen des Anderen. Und das sei es, was als Wissen tief in jeder Tragödie und im Mythos weltweit verborgen und aufgehoben sei, und was Terzopoulos uns zeige, wie kein anderer vor ihm und kein zweiter nach ihm. *Moi, c'est un autre!* rief er noch einmal mit erhobenen Armen, die er dann in einer kreisförmigen Bewegung an seinen schmächtigen Körper zurückfinden ließ.

Als, mit nur kurzer zeitlicher Verzögerung, dieser Aufruf in den Kopfhörern der Studenten verklungen war und sie sahen, dass der Referent seine Kopfhörer nicht wieder aufsetzte, um sich vielleicht noch eine weitere Frage verdolmetschen zu lassen, begannen alle auf die Tische zu klopfen. Und lange und ziemlich heftig taten sie das, und der griechische Professor mit der viereckigen Hornbrille in der rechten Hand nickte ihnen sichtbar erleichtert und dankbar zu.

Auch Professor Sottkowski dankte noch einmal ihrem Athener Gast, dem führenden Theatersemiotiker ganz Griechenlands und einem der führenden Europas, für diesen bewegenden Vormittag. Dann sprach er den Dolmetschern ebenfalls seinen Dank für ihre hervorragende Gesamtleistung aus und lobte noch zusätzlich die beiden Studenten der griechischen Kabine, ohne deren Können wir heute noch weniger verstanden hätten. An dieser Stelle begann Professor Tsountas spontan zu klatschen und sich zu den Kabinen hin zu verbeugen. Die Studenten klopften ebenfalls leicht frenetisch auf die vor ihnen stehenden Tische.

Nun blieb Sottkowski noch der Hinweis auf die nächste Dolmetschkonferenz am kommenden Mittwoch, die letzte in diesem Semester. Zu der werde sich hoffentlich ein berühmter russischer Schriftsteller einfinden. Mehr könne er heute noch nicht verraten, weil es leider erneut Probleme mit der Visaabteilung der deutschen Botschaft in Moskau gebe. Bei jedem ausreisenden Künstler müsse die Möglichkeit zur illegalen Arbeitsaufnahme strengstens geprüft werden, habe ihm der zuständige Sachbearbeiter mitgeteilt, erst letzten Monat sei wieder eine komplette Balletttruppe aus Kiew in St. Pauli untergetaucht. Mit so etwas müsse man sich herumschlagen, sagte lachend Professor Sottkowskis und wie schön es doch sei, dass wir dank Schengen derartige Probleme mit Griechenland schon längst nicht mehr haben. Er schüttelte dem Kollegen Tsountas die Hand und dann musste die Präsidentin noch das Wort ergreifen.

Weil sie nächste Woche bei der UNO in Genf sein werde, wolle sie heute schon ihren herzlichen Dank aussprechen an die Techniker für die in diesem Semester ganz hervorragende Zusammenarbeit mit den Dolmetschdozierenden. Außerdem gebe sie hier und heute allen Angehörigen ihrer Hochschule das feierliche Versprechen, dass sie als Präsidentin alles in ihrer Macht Stehende tun werde, um die Generalerneuerung der Dolmetschanlage zügig voranzubringen. Zuerst aber wünsche sie den Studierenden und ihren Dozierenden gutes Gelingen in den bald anstehenden Abschlussprüfungen im Simultan- und Konsekutivdolmetschen: *Gemeinsam sind wir stark!* Und damit erklärte Elefteria Kolposkidou die Mittwochskonferenz für beendet.

Beim Griechen

Zum Mittagessen konnten Elefteria Kolposkidou und ihr Kollege Sottkowski den Gast aus Athen nicht einladen, denn sie mussten schon um halb zwei fort, zu einer Besprechung ins Ministerium über die Zulassungsvoraussetzungen in ihrem neuen BA-Studiengang *Interkulturelles Textdesign*. Auf der Fahrt im Dienstwagen versuchte Sottkowski seiner Nachfolgerin im Präsidentenamt die Hauptunterschiede zwischen der Konstruktion einer Dolmetsch*lehr*anlage und einer gewöhnlichen Dolmetschanlage begreiflich zu machen, damit sie für die Verhandlungen mit der DFG besser gerüstet wäre und sich nicht erneut mit diesen idiotischen Hinweisen eines Projekt-Gutachters auf *deutlich preiswertere Schulsprachlabore* abwimmeln ließe. *Wir brauchen mindestens eine Million*, schärfte er ihr ein, *sonst können wir die Erneuerung der Anlage im Audimax vergessen*. Und dann werde in Gommersbach die Lehre für die neuen EU-Beitrittssprachen zusammenbrechen. Sie könne ruhig damit drohen, dass sogar Polnisch betroffen sein würde. Das zöge bei denen vielleicht mehr als ihre mediterranen Hinweise auf das Maltesische oder die zypriotischen Varietäten des Neugriechischen.

Solche kleinen Sticheleien konnte sich Sottkowski nicht abgewöhnen, obwohl er längst wusste, wie kontraproduktiv die waren. Weil Elli über ihrer kurzen Verärgerung dann nämlich wieder die Hauptsache vergaß, die

Unterschiede nämlich zwischen einer Dolmetsch- und einer Dolmetsch-Lehranlage. Die durfte er ihr darum noch einmal erklären und musste ihr, als Preis für seine mittägliche Miniprovokation, zusätzlich versprechen, ihr das später auch noch in Stichworten aufzuschreiben. *Auf Englisch aber bitteschön*, fügte sie hinzu und setzte wieder ihr Siegerlächeln auf. *Denn so wünscht das eure Forschungsgemeinschaft neuerdings, dieser DFB der deutschen Wissenschaft*. Damit hatte sie seinen empfindlichsten Nerv getroffen und so waren die beiden quitt und konnten noch ein bisschen vor sich hindösen, bevor die Streiterei im Ministerium losging, bei der sie dann allerdings vereint geschlagen wurden. *Null zu eins für Gommersbach*, sagte Frau Professor Kolposkidou leicht resigniert im Autobahnstau auf ihrer Rückfahrt von Mainz in die Weinberge der Südpfalz.

Am Abend trafen sie Professor Tsountas noch einmal im Dionysos, dem von einem Türken geführten griechischen Restaurant gleich gegenüber dem Hauptgebäude der Hochschule. Die Mitarbeiter und Lehrbeauftragten des Arbeitsbereichs Griechische Sprache und Kultur waren vollzählig erschienen, auch die beiden Dolmetschstudenten aus der griechischen Kabine hatten sich den Abend, trotz eines Prüfungstermins am Donnerstag, für den Athener Gast freigehalten. Sie alle plauderten den langen Abend hindurch, meist auf Griechisch und auf Englisch. Aber Sottkowski verdross das kaum. Es war ihm ganz recht, einmal nichts sagen zu müssen.

Er beobachtete die Runde und sah mit Vergnügen, wie sich sein Athener Kollege immer ausschließlicher seinem Dolmetscher Kevin zuwandte, der ihm auf Englisch zu erklären versuchte, was an dem Vortrag über Theo am interessantesten gewesen sei: die von Tsountas vorgelesenen Foucault-Zitate nämlich. Denn Französisch könne er nicht. Das habe er weder aktiv noch passiv. Seine Sprachen seien Griechisch als C-Sprache, also passiv, Englisch als B-Sprache, aktiv, Niederländisch als D-Sprache und Deutsch als A-Sprache.

Bei Foucault, sagte Kevin, bei dessen plötzlich im Original vorgelesenen Zitaten, habe er sich blitzschnell in die englische Kabine schalten müssen, wo eine Studentin aus Südafrika Französisch-B nach Englisch-A anbiete, um sich das Foucault-Zitat dort abzuholen. Aber in der englischen Kabine seien die noch einen halben Satz zurückgewesen, die hätten noch an seiner gerade abgelieferten A-sprachlichen Verdolmetschung des Griechischen gearbeitet, hätten ziemlich lange auf das Verb warten müssen und dann noch nach einer Formulierung für Tsountas' Terminus vom *Kosmosmenschen* gesucht. Dessen deutsche Variante hätte ihm Maria, seine Kabinenpartnerin, zum Glück schon auf einem Zettel hingeschoben gehabt. Maria sei immer exzellent vorbereitet, auf die könne man sich hundertprozentig verlassen. Jedenfalls hätten die in der englischen Kabine erst ein bisschen spät bemerkt, dass sie jetzt als Relais fungieren müssten, für all jene Kabinen, in denen niemand mit Französisch gesessen habe. Und Französisch sei nicht mehr so stark, nicht mal als

C-Sprache, zur Zeit wählten sie eher Spanisch, das sei irgendwie mehr sexy.

Eine ziemliche Konfusion habe das also schon ausgelöst, dieses lange Foucault-Zitat, weil man bei so etwas immer den Kanal wechseln müsse. Technisch sei das kein Problem, aber man müsse es halt rechtzeitig merken und genau wissen, in welcher Kabine die passende B-A- oder zur Not halt auch A-B-Kombination vertreten sei. Beim zweiten Mal, beim nächsten Zitat, dem über die Androgynen und die islamische Esoterik, seien sie dann schon gewitzt gewesen. Aber auch das sei arg schnell vorgelesen worden. Eine solche Geschwindigkeit des Denkens dürfte sogar einen absolut professionellen Dolmetscher überfordern, und sie seien ja noch in der Ausbildung, und Griechisch sei seine C-Sprache, also nur passiv, wenn auch schon im fünften Jahr.

Immer mehr Retsina schütteten die beiden in sich hinein. Tsountas setzte seine viereckige Brille ab, schaute seinem Schützling in die Augen und ließ sich das mit den Androgynen und den B- und C-Sprachen, dem Aktiven und dem Passiven, noch einmal ganz genau erklären.

Dann bat Elefteria Maria und Kevin, dem Gast doch zu erzählen, über welche Themen sie ihre Master-Arbeiten schreiben würden. Maria hatte zunächst über die Optimierung der Nutzung von Notationstechniken bei der Konsekutivdolmetschung forschen wollen, sich aber schließlich doch ein Terminologieprojekt vorgenommen. Sie werde evaluieren, sagte sie, mit welchen Suchprogrammen man auf einem Laptop in der Kabine selbst noch, und noch während des Simultandolmetschens selbst, die jeweils translatorisch korrekten und translatorisch passenden Termini ermitteln könne. Das werde sie dann auch empirisch evaluieren an zwei Probandengruppen. Die eine werde sie aus Gommersbacher Studierenden des MA-Konferenzdolmetschen bilden und die andere aus Brüsseler Dolmetschprofis mit mindestens 300 Tagen Konferenz. *Sehr aufregend*, sagte Elli, und es war wirklich nicht zu erkennen, wie sie das gemeint hatte.

Kevin wusste noch nicht, ob er seine Abschlussarbeit in der D-Sprache schreiben sollte, im Niederländischen, am liebsten über die Metrik, die Reime und den Rhythmus in den Vierzeilern des Dichters de Haan. Aber vielleicht würde er auch über Däubler schreiben, über dessen Zeit in Athen Anfang der 20er Jahre. Auf keinen Fall werde er etwas Translationsbezogenes machen. Davon habe er in Gommersbach genug gehört, bis zum Abwinken, von *Auftraggeber* und *Funktionskonstanz* und *Informationsangebot* und all diesem Kram. Und dann rezitierte er mit hinreißend kitschigem Pathos und herzzerreißender Mimik und Gestik sein de Haan'sches Lieblingsgedicht, das von dem jungen Fischer, dessen Wangen schöner seien als Rosen, *rozen zijn niet zo schoon als uwe wangen,* dessen Füße zarter seien als Tulpen und in dessen Augen wie bei keinem anderen sonst zu lesen stehe *naar vriendschap zulk een mateloos verlangen. – Ein Künstler! Ein wahrer Künstler ist unser Kevin!* rief Elli quer über die lange Tafel und warf ihm Kusshände zu.

Auch Sottkowski war verblüfft und musste sich eingestehen, dass er den Herr-und-Hirn-Burschen vielleicht doch falsch eingeschätzt hatte. Elli fragte Kevin auf Griechisch, warum er sich eigentlich für ihre Abteilung entschieden habe. Er erzählte, und das tat er jetzt sogar passagenweise auf Griechisch, dass er das wegen David Hockney getan habe, wegen dessen Kavafis-Illustrationen. Als er diese tollen Bilder zum ersten Mal gesehen habe, in diesem zweisprachigen Suhrkamp-Band, sei ihm sofort klar gewesen, dass er die dazugehörigen Originale auch im Original würde lesen müssen. Und so habe er halt mit dem Griechischen angefangen. Aber den de Haan finde er irgendwie noch besser, einfach straighter sei der. An einer transsexuell-androgynen sextettartigen Hörspiel-Collage bastle er zur Zeit, erzählte er dann, die Techniker in der Dolmetschanlage würden ihm dabei ganz toll helfen, und in dieser Collage werde er die Stimmen seiner drei Dichter ineinanderschieben, die von Däubler, de Haan und Kavafis, jeweils im Original, aber von ganz hohen Mädchenstimmen vorgetragen und mit makedonischem Machopop und finnischem Heavy Metal im Hintergrund und dazwischen dann Marlene Dietrichs Evergreen *Johnny, wenn du Geburtstag hast...*

Ein Künstler! Ein wahrer Künstler, mes enfants! rief Elli noch einmal und nötigte sie alle, auf Kevins interkulturell avangardistische Collage anzustoßen. Nikos Tsountas bat Kevin derweil, ihm das Geburtstagslied von diesem Johnny doch bitte aufzuschreiben und Wort für Wort zu übersetzen, strikt interlinear bitte, von A nach C.

Später sprachen sie in bunter Folge über das Reisen in Griechenland und über das Licht auf den Inseln in der Ägäis. Nikos Tsountas erzählte von einem Theaterfestival auf Samos, und Kevin war ganz begeistert, weil das genau in seine Semesterferien falle und er sich dort auch stärker in Richtung A-B, also aktiv, entwickeln könnte. Ab da hatten die beiden gar kein Auge mehr und kein Ohr für die restliche Tischgesellschaft, der Elefteria in klassisch-melancholisch klingendem Griechisch ihr Leid mit den uneinsichtigen Ministerialen klagte. Diese beschlipsten Sesselpupser, so entfuhr es ihr zwischendurch auf Deutsch, wollten einfach stur bei ihrem unsinnigen Ukas bleiben, wonach Bewerber für den Gommersbacher BA-Studiengang schon *vor* Studienbeginn solide Fremdsprachenkenntnisse nachzuweisen hätten, *TELC B1-Niveau, mes enfants!* und das nicht nur in den Schulsprachen Englisch und Französisch, das ginge ja noch an, sondern jetzt auch in Sprachen wie dem Arabischen, Chinesischen, Polnischen, Portugiesischen, Finnischen und Griechischen. Nur damit die Absolventen nach drei Jahren auf den Markt geschmissen werden könnten, als Fachübersetzer! Absurd sei das, solche Studienanfänger mit TELC B1 werde man nirgendwo auftreiben, und also sei das regelrechte Glottophagie, *mes enfants!* Ein Abtötungsverfahren sei das, ein *Holocaust* für sämtliche *less widely used languages.*

Die beiden Termini erkannte sogar Sottkowski, den Rest der Kolposkidou'schen Ausführungen hatte ihm dolmetschend Karsten Ostarhilt ins Ohr geflüstert, bis

Sottkowski dankend abwinkte. Er kenne die Problematik. Außerdem jagte Elefterias Stimme schon wieder in bedenkliche Höhen, wie sie es stets tat, wenn sie sich aufregte und ihr Gegenüber gewaltsam von etwas überzeugen wollte. Nicht lauter sprach sie dann, haute auch nicht mit der Faust auf den Tisch des Hauses, sondern schrie ganz leise in einer sich fiepsig nach hinten verschiebenden quiekenden Stimmlage, bis ihrem Gegenüber die Ohren weh taten und der Widerstand gebrochen war. Heute Nachmittag im Ministerium hatte das allerdings nicht geklappt.

Ob sie nicht über etwas anderes reden sollten als diese BAMA-Sorgen, fragte er Karsten Ostarhilt. Und Karsten fragte zurück, warum das seiner Meinung nach heute Morgen mit dem Dolmetschen nicht geklappt habe, ob die Studenten doch nicht so toll seien. *Doch, die sind gut*, sagte Sottkowski. Aber Tsountas hätte nicht seinen kompakt formulierten Aufsatz vom Blatt herunterleiern dürfen, bei dem auf engstem Raum mit knappsten Formulierungen möglichst viel möglichst brillant ausgedrückt werde. So etwas lasse sich nicht ohne fürchterlichste Einbußen dolmetschen. Das Dolmetschen sei für die spontane und freie Rede. Für das Schriftliche müsse man sich an die Übersetzer halten, und auch die dürften bei einem kulturwissenschaftlichen Essay diesen Kalibers ins Grübeln kommen. Im zweiten Teil der Konferenz, in dem Diskussionsteil also, sei es gut gelaufen, da hätte Tsountas frei gesprochen, und die Dolmetscher hätten sich sehr gut in den Rhythmus und den Tonfall seiner Ausführungen einschwingen können, da lief es dann vorzüglich, bis man gar nicht mehr bemerkt habe, dass da statt Nikos eine Frauenstimme sprach. *Richtig androgyn war das*, lachte Karsten und schaute zu den beiden hinüber, die inzwischen ganz ins Griechische versunken waren. Warum eigentlich so viele Dolmetscher schwul seien, wollte er von Sottkowski wissen. *Eine weltweit agierende jüdische Mafia soll es in der Dolmetschbranche auch geben*, sagte der gereizt und ging auf Karstens Frage nicht weiter ein. Die klang ihm einfach zu sehr nach Zoologie.

Beim Dolmetschen, sagte er stattdessen, scheine es auch irgendwie um Kopf und Körper zu gehen, aber das sei noch kaum erforscht und der Körper werde bisher in der Dolmetschdidaktik überhaupt nicht thematisiert. Immer nur werde erforscht, was in den Köpfen der Translatoren vor sich gehe, nie, wie es um ihre Körper bestellt sei, beim Prozess der Translation. Das finde man, wenn überhaupt, nur in literarischen Texten dargestellt, ansatzweise etwa in Bachmanns *Simultan.* Seit ein paar Jahren freilich gebe es da eine Türkin, die zu diesen Körper-Aspekten Spannendes publiziere und in ihrem Unterricht viel mit Bewegung und anderen theatralischen Mitteln experimentiere. Aber die gehe weniger vom irgendwie doch aseptischen Kabinendolmetschen aus, sondern vom Fachdolmetschen, vom Dolmetschen in Asylverfahren, in Krankenhäusern, in Gefängnissen, in Frauenhäusern. Und das alles sei schon sehr spannend und ein wichtiger neuer Bereich für die Forschung und Lehre in Gommersbach.

Doch auch dieses Thema reizte Sottkowski an diesem Dionysos-Abend nicht mehr sonderlich und so schlug er Karsten vor, gar nicht mehr von Hochschuldingen zu sprechen, sondern über ganz anderes, zum Beispiel über Kavafis oder über die Herkunft seines Namens *Ostarhilt*. Mit dieser Herkunft, sagte Sottkowski, verhalte es sich nämlich so ähnlich wie mit der Etymologie des Wortes *Fuchs*. Das stamme aus dem griechischen *alopex* und sei über *lopex*, *pex*, *pix*, *pax*, *pux* zu deutsch *Fuchs* geworden. Darüber lachte Karsten. Aber sie blieben trotzdem bei dem Thema *Ostarhilt*, fast eine Stunde lang und bei deutlich besserem Wein als das griechisch-deutsche Paar, auch wenn das eine weder mit den BAMA-Studiensorgen noch das andere mit dem Theater des Theodoros Terzopoulos etwas gemein hatte, außer vielleicht dem nun wirklich bedrohlich Interkulturellen.

Sinn des Lebens

Die Dolmetschleistung der russischen Kabine war wieder einmal hervorragend. Nur einen einzigen winzigen Schnitzer notierte sich Sottkowski im Verlauf dieser Mittwochskonferenz, als der russische Schriftsteller am Ende seines Vortrags von einem Besuch in Frankfurt erzählte und von den Fragen, die ihm dort gestellt worden waren: *Warum haben Sie im vierten Kapitel Ihres Buches, im zweiten Satz des vorletzten Abschnitts das Verb so weit nach hinten geschoben?* hatte ein deutscher Leser der deutschen Übersetzung seines Stalin-Buches wissen wollen, und eine Russin hatte ihn gefragt, was eigentlich der Sinn des Lebens sei. So abwechslungsreich also sei das zugegangen gestern abend im *Frankfurter literarischen Haus*, sagte die Dolmetsch-Studentin, statt *Frankfurter Literaturhaus*. Aber das wars dann auch schon, was es zu monieren gab. Ansonsten hatte sich Sottkowski ganz auf das konzentrieren können, was der am Montag aus Moskau angereiste Schriftsteller vortrug zu dem von ihm selbst gewählten Thema *Die Generallinie der russischen Literatur*.

Weil er vor angehenden Dolmetschern sprach, erzählte er zunächst von seinem Vater, der seine Karriere ebenfalls als Dolmetscher begonnen habe, als Dolmetscher für Französisch. An den Job sei sein Vater bereits in jungen Jahren gekommen, weil der bisherige Dolmetscher einige Fachausdrücke aus der Luftfahrttechnik nicht parat hatte, so dass Stalin, der kein Wort Französisch konnte, ihn angeherrscht hatte, dass er ja besser Französisch könne als dieser Linguist. Das sei das Ende einer Laufbahn gewesen. Wie dieser Stalin-Dolmetscher hieß, wollte dem russischen Schriftsteller nicht einfallen, aber er sagte, dass er seinen 88-jährigen Vater anrufen werde, jetzt gleich, um ihn nach dem Namen zu fragen. Auf das Gedächtnis seines Vaters sei nämlich Verlass.

Aber das tat er dann doch nicht. Sondern er erzählte den Teilnehmern der Dolmetschkonferenz, was es heiße, als Schriftsteller in Russland zu leben. Er sprach frei, ohne jeden Notizzettel, mehr als eine Stunde lang, so dass hinterher gar keine Zeit mehr blieb für Fragen an ihn. Er begann mit Hinweisen auf die besondere Rolle, die ein Schriftsteller in Russland stets gehabt habe und stets haben werde. Was man ja bereits an den vielen Dichter-Denkmälern sehen könne und an den Straßennamen. Diese besondere Rolle des russischen Schriftstellers habe sich aus dessen besonderer Beziehung zum Volk ergeben, das dem Schriftsteller die Aufgabe übertragen habe, nach dem Sinn des Lebens zu suchen. Die ganze russische Literatur sei ein endloser Roman über die Suche nach dem Sinn des Lebens. Das sei die wahre, die eigentliche russische Frage. Und das sei der erste wichtige Punkt.

Das Leben des Schriftstellers in Russland sei zweitens bestimmt durch die Geschichte und durch die Situation des russischen Menschen in dieser Geschichte. Immer sei der russische Mensch ein Sklave des Staates gewesen. Alle seien das gewesen mit Ausnahme des Schriftstellers. Der Schriftsteller, der sei niemals ein Sklave gewesen, sondern ein Geheimagent der Revolution, ein Geheimagent jener großen Hoffnung, dass der Sinn des Lebens sich doch noch erfüllen werde. Stets sei das so gewesen, unter den Zaren, unter dem Kommunismus, während der Perestroika, unter Jelzin und unter Putin jetzt auch. Man könne bei genauerem Hinschauen sogar feststellen, dass es der russischen Literatur bei ihrer Suche nach dem Sinn des Lebens immer genau dann besonders gut gegangen sei, wenn es Russland besonders schlecht ging.

Drittens sei für die Literatur in Russland wesentlich, dass dort das Wort mehr zähle als die Tat. Die ganze Sowjetunion z. B. sei eine Mythologie aus Wörtern gewesen, nichts als Wörter. Man sagte unendlich viel und tat unendlich wenig. Aber die russischen Wörter, die russische Sprache, die sei wahrhaft mystisch, sei wirklich schön, sie sei das Wunder des Lebens.

Viertens präge das Leben des russischen Schriftstellers die Abwesenheit der Freiheit. Im realen politischen Leben habe es in Russland noch niemals Freiheit gegeben, jene Freiheit, von seinem eigenen Verstand öffentlich Gebrauch zu machen. Nur in der Literatur habe daher über das reale Leben gesprochen werden können. Das aber habe zur Folge, dass der Schriftsteller immer der geheime Feind des politischen Systems gewesen sei. Der Schriftsteller sei der einzige freie Mensch in Russland und dadurch habe er die Aufgaben des Politikers übernehmen müssen, aber auch die des Ökonomen, des Arztes, des Philosophen. Er habe den Menschen den Sinn ihres Lebens erklären müssen. Vor allem aber habe er den guten

Menschen retten müssen, nein, er habe ihn erst schaffen müssen. Wobei alles Üble immer von Außen gekommen sei.

Russische Literatur sei fünftens eine Sache für junge Menschen. Sie zeige den jungen Leuten, dass der Mensch im Grunde gut sei, nur die Umstände seien halt schlecht. Warum das mit den Umständen so sei, verrate diese Literatur nicht. Vielleicht sei das so wegen des Klimas, wegen des vielen Schnees oder wegen der Entfernungen, weil das Land ja so groß ist. Wie auch immer: Die russische Literatur suhle sich in einer Orgie des Humanismus. Wenn man sie mit der deutschen oder französischen Literatur vergleiche, so könnte man sagen, dass die französische Literatur die Suppe sei, die deutsche der Hauptgang und die russische, das sei der Nachtisch. Sie sei eine Literatur für junge Mädchen, die überzeugt werden wollen, dass der Märchenprinz irgendwann kommen werde, ganz bestimmt werde er das tun. Am guten Menschen, an dem halte die russische Literatur gnadenlos fest.

Sechstens habe die russische Literatur Angst vor dem Körper, sie sei direkt unsportlich. Auch könne man sich russische Schriftsteller nicht bei irgendeiner sportlichen Betätigung vorstellen, überhaupt nicht. Die Ursache dafür sei, dass der Körper etwas Unvollkommenes, Unvollendetes sei, im Gegensatz natürlich zur Seele, die sei schön. Von dieser Schönheit erzähle die russische Literatur immer wieder, reiner Balsam sei das, reine Seelenliteratur. Und deswegen kenne sie auch keinen Sex. Schon gar nicht in der Epoche des Sozialistischen Realismus. Da seien die Kinder auf Parteisitzungen zur Welt gekommen, gleich als richtige Kommunisten, ohne dass es vorher Sex gegeben habe. Wichtig sei ferner, dass das Gute im Menschen bei Frauen und Kindern noch viel ausgeprägter sei als bei uns Männern. Natürlich seien irgendwie alle gut, aber die Frauen und die Kinder, die seien noch besser, die seien sehr sehr gut.

Diese sechs Eigenschaften, summierte der Moskauer Schriftsteller, prägten das Hauptmodell der russischen Literatur, sie ergäben die Generallinie. Aus diesem Hauptmodell habe natürlich auch Lenin seine Vorstellungen bezogen. Nicht theoretische Texte habe Lenin gewissenhaft studiert, Marx und solche Autoren, nein, Lenin habe von Kindesbeinen an die russischen Romane vom guten Menschen gelesen. Seine Politik sei daher eigentlich die Umsetzung einer rein literarischen Utopie gewesen.

Natürlich gebe es einzelne Ausnahmen von dieser Generallinie, von diesem Hauptmodell. Sogar von einem Aufstand gegen die Nachtisch-Literatur könne man sprechen, ein Aufstand, der Ende des 19. Jahrhunderts stattgefunden habe und unter dem Namen *Silbernes Zeitalter* in die Geschichte eingegangen sei. Fjodor Sologub sei hier zu nennen mit seinem Roman *Das kleine Teufelchen* und natürlich Andrei Bely. *Das kleine Teufelchen* habe zwar Leser gefunden, aber durchgesetzt habe er sich dann doch nicht, dieser Aufstand gegen die Generallinie. Korolenko und Gorki, Gorki mit seinem *Nachtasyl* hätten die Oberhand in der Gunst der Leser und der Gunst des Staates behalten.

Mit Blick auf die Generallinie der russischen Literatur sei auch der Übergang zum Sozialistischen Realismus zwangsläufig gewesen. Der Sozialistische Realismus mit seinem Glücksversprechen habe das Erbe von Tolstoi und Tschechow angetreten: Glaube, Hoffnung, Zuversicht, Glaube an das Volk – all das sei schon längst da gewesen und musste nur noch fortgeschrieben werden. Der Sozialistische Realismus sei die Fortführung der im 19. Jahrhundert festgeschriebenen literarischen Utopie vom guten Menschen und dem Sinn des Lebens.

Im 20. Jahrhundert habe es für den Schriftsteller in Russland dann stets zwei Wege gegeben. Er konnte für die da oben schreiben, sich zum Gehilfen der Politik entwickeln, zum Schurken. Als Lohn gab es die Datschen, die Autos, die Reisen, das liebe Geld. Einen Schriftsteller zu heiraten, das sei für junge Mädchen immer eine gute Partie gewesen. Denn diese Schriftsteller schrieben ja auch so, dass die jungen Mädchen gerne nach ihnen Ausschau hielten. Also das sei die Generallinie. Und dann habe es die anderen gegeben, Anna Achmatova etwa oder Sostschenko. Oder Viktor Schklowski mit seinen Regeln der Kunst. Aber das waren Ausnahmen. Als die Achmatova nach Moskau gekommen sei, da seien die Leute aufgestanden und Stalin habe gefragt, wer denen das eigentlich befohlen habe, einfach aufzustehen.

So sei das nach wie vor. Der wahre Schriftsteller befinde sich im Konflikt mit der Regierung. Außer der Meuterei des Silbernen Zeitalters habe es eine zweite Revolte gegeben. Und das sei die seiner eigenen Generation,

Schriftsteller wie Sorokin und Pelevin. Die seien nicht der russischen Generallinie gefolgt, sie hätten eine andere Wahrheit, eine andere Philosophie, eine andere Moral, eine andere Sprache. Vor allem wolle ihre Literatur endlich literarisch werden. Nicht dass sie Europa imitierten, nachahmten, das wäre völlig sinnlos. Russland liege nun einmal nicht in Europa, es liege zwischen Europa und Asien. Aber sie wollten auch nicht der Generallinie folgen.

Den Bürgerkrieg in der russischen Literatur gebe es also nach wie vor. Da sei die humanistische Literatur der Generallinie und auf der anderen Seite stünden die Abweichler, die Postmodernen, die Protestler, die Dissidenten. Und es sei natürlich klar, dass die Regierung, der Kreml, die erste Gruppe bevorzuge, Autoren, die harmlose Sachen schrieben über den Sinn des Lebens. Die nicht-lenkbaren Autoren seien hingegen unbeliebt, die Regierung möge halt keine Überraschungen. Wobei das heute keineswegs so sei wie unter Stalin. Von Zensur könne man nicht reden. In seinem Verlag seien über 200 Bücher erschienen, nur ein einziges mal habe es Probleme gegeben, wegen Verherrlichung des Rauschgiftkonsums. Unter Putin sei auch sonst vieles anders geworden. Putin habe dem Volk die Freiheit des Privatlebens gegeben, zum ersten mal gebe es diesen privaten Raum der Freiheit.

Zusammenfassend könne er sagen, dass Russland ein Paradies für Schriftsteller sei. Es gebe in diesem Land viel Unglück und damit viel Stoff für die Schriftsteller. Und dann gebe es viele Leser, auch heute noch. Es werde mit Leidenschaft gelesen, vielleicht nicht mehr so sehr in Moskau, aber sonst überall in Russland. Vor zwei Wochen sei er in Ussurijsk gewesen, einer Stadt ganz im Osten, gleich an der Grenze zu China. Einen Vortrag über die Generallinie der russischen Literatur habe er dort gehalten, an der pädagogischen Hochschule, wo die jungen Leute zu Lehrern ausgebildet werden, Lehrern für russische Sprache und Literatur, fast ausschließlich Mädchen. Und alle diese Mädchen hätten ihm gesagt, dass sie gerne und oft lesen würden, richtige Bücher.

Am Ende des Vortrags wandte er sich an die Studenten im Dolmetsch-Hörsaal und fragte: Wer von euch glaubt nicht an Gott? Niemand hob die Hand. Dann fragte er: Wer von euch glaubt an Gott? Wieder hob niemand die Hand. Dann fragte er, ob jemand noch eine Frage an ihn habe. Eine Studentin meldete sich und sagte, dass sie Xenia heiße, und fragte den russischen Schriftsteller, was – seiner ganz persönlichen Meinung nach – der Sinn des Lebens sei und was sie tun könne, um diesen Sinn zu finden. – Heiraten Sie, sagte der Schriftsteller aus Moskau, heiraten Sie einen russischen Schriftsteller. Der wird es Ihnen zeigen.

Flüsterdolmetschen

Nach den so erfreulich verlaufenen Kooperationsgesprächen mit den russischen Kolleginnen vom Übersetzer- und Dolmetscher-Lehrstuhl der Staatlichen Universität Wolgograd und einem gemeinsamen Ausflug zur deutschen und zur russischen Kriegsgräberstätte in Rossoschka hatte Sottkowski am Nachmittag noch einen Spaziergang gemacht, in der Umgebung des Hotels an der Arbeiter- und Bauernallee. Er war erleichtert gewesen, dass dort im Woroschilow-Bezirk zwischen all den Plattenbauten und den leicht verwahrlosten Grünanlagen doch noch ein paar Häuser stehengeblieben waren, Ziegelbauten aus der Zeit sogar vor der Revolution.

Aber als dann am Abend das Konzert unten am Wolgahafen zu Ende kam, da sagte ihm die Dolmetscherin, dass Olga jetzt zum Schluss noch das wunderschöne Wolgograd-Lied singen werde, das Lied von Margarita Agaschina, von der Dichterin, die viele Jahre gleich hier in der Nähe gewohnt habe, in der Heldenallee neben dem georgischen Restaurant und unweit der Ewigen Flamme. Sie rückte noch etwas enger an ihn heran. Eigentlich mochte Sottkowski das nicht, dieses zudringliche Flüsterdolmetschen, nicht nur wegen des unvermeidlichen Körperkontakts und der Atemstöße direkt in sein Ohr, sondern jetzt auch, weil er unsicher war, ob das hier und heute richtig sei, sie mit ihrem Deutschen.

Doch es ging dann ganz gut, niemand schaute entrüstet zu den beiden herüber. Sottkowski war am Ende sogar richtig froh, dass er live hatte mitbekommen dürfen, was die Sängerin dort vorne auf der dunkelrot ausgeleuchteten Bühne ihren Leuten vorgetragen hatte, in einer nüchtern-sachlichen, leicht aufgerauten Stimme. Die sich gewollt abzuheben schien von der arg pathetisch wirkenden Musik. Es war diese Stimme, die das alles irgendwie erträglich machte.

In Russland bist Du geboren, flüsterte ihm die Dolmetscherin ins Ohr, *in diesem Land der Ebene, der endlos weiten Felder, dem Land der weißen Birken ohne Zahl.* Überall, sang Olga und sagte die Dolmetscherin um nur weniges zeitversetzt, stünden diese Birken und diese Birken seien ein Teil von ihm, ein Teil seiner russischen Seele. Wie heiter doch sei der Tanz der Birken, wie bezaubernd schön ihr Reigen am Rand einer Lichtung an einem frühen Sommertag.

Jedoch hier, so dolmetschte sie für Sottkowski die nächste Sequenz und er bekam langsam den Eindruck, dass sie dieses Lied schon öfter ins Deutsche übersetzt haben musste, hier in Wolgograd, da stehe eine ganz andere Birke. Und wer diese andere Birke angeschaut mit Augen, dem greife es ans Herz, dem stocke der Odem in der Brust. Von sehr fern her sei jene andere Birke hier zu uns in den Süden gewandert, durch das wogende Gras der weiten Steppe. Aber wie schwer wohl müsse es ihr geworden sein in den schrecklichen Flammen der so hart und so bitter umkämpften Stadt. Wie sehr wohl müsse sie zurückgewünscht sich haben in ihre lichten Wälder unseres ehrwürdigen Landes Rus.

Nach dieser Strophe machte die Sängerin eine Pause. Sie legte das Mikrophon zur Seite und wies mit ausgestrecktem Arm auf Bilder, die jetzt an die Rückwand des Bühnenrunds projiziert wurden. Sottkowskis Dolmetscherin fing hastig an zu erklären, wie das mit dem Lande Rus bei der Agaschina zu verstehen sei und mit der Birke in dieser ursprünglich doch völlig baumlosen Steppenlandschaft der kalmückischen Nomaden. Sogar vom nahe gelegenen Sarepta, von den Herrnhuter Dolmetschmissionaren und vom Dolmetschmaschinisten Ofenberg aus Leskows *Eisernem Willen* begann sie zu erzählen. Sottkowski winkte ab und rieb mit der rechten Hand gegen sein Ohr. *Ich kenne das mit 988*, sagte er ihr, *das mit Byzanz und der Taufe der Kiewer Rus.*

Die Begleitmusik wurde leiser und leiser, bis nur noch das Rauschen der Klimaanlage und das Klacken des Diaprojektors zu hören waren. Sottkowski machte die Augen zu. Doch keine Birke war da zu sehen, kein Grün, keine sommerfrische Lichtung und kein im Wind wild wogendes Steppengras. Nur Schnee kam ihm vor das innere Auge, Schnee und Panzerwracks, sterbende Soldaten im stiebenden Schnee. Er hörte durch den Sturm, durch das Wintergewitter, eine Stimme, die ihm fast tonlos schon den Namen seines eigenen Bruders zurief: *Hanns! Hanns!* Ein völlig verfrorenes Gesicht kam auf ihn zu und schaute ihm starr in die Augen. Dann hörte er Rufe: *Der Manstein kommt! Der Manstein kommt!* Aber schließlich nur noch

Russisches, russische Ortsnamen: *Wassiljewka, Gumrak, Kotelnikowo, Rossoschka* – dazwischen, kurioserweise, das Raunen des französischen Generals de Gaulle, der in diesen schneebedeckten Trümmerwüsten von den Deutschen als einer *Grande Nation* etwas zu bemerken hatte.

Obwohl die Musik fast völlig verstummt war, blieben die Leute still. Niemand klatschte, alle starrten zur Bühne, auf die Bilder der Schlacht, auf die Bilder der vorwärtsstürzenden Rotarmisten und des schnauzbärtigen Generalissimus und auf die Sängerin in ihrem roten Licht, als warteten sie auf etwas, auf etwas ganz Bestimmtes, das den Schmerz in ihren Herzen lindern mochte.

Wenn Du noch Fragen hast, so setzte seine Dolmetscherin nach den ersten Worten der Sängerin flüsternd wieder ein, *so frag nur sie, frag unsere Söhne, die unsterblichen Helden dort unter der Erde im Schatten der Birke. Frag sie und sieh hin: Niemand hat das Gras je zertreten, keiner von ihnen kehrte je aus dem Grab ins Leben zurück.* Aber für unsere Toten, unsere unsterblichen toten Helden, so dolmetschte sie es ihrem deutschen Gast, für unsere blutjungen Soldaten dort unter der Birke, für sie alle sei es so dringend, dass jemand sich ihrer erinnere, dass eine Braut von ihnen träume, eine Mutter um sie weine und ein Nachfahr sie vermisse in späterer Zeit.

Mit ihrer kurzatmig werdenden Stimme flüsterte die Dolmetscherin: *Du bist zum Soldaten, bist zum Helden geboren! Denn in Russland bist Du geboren! Dem Land der ewigen Birke. Ewig*, hauchte sie Sottkowski ins Ohr, *wirst an diese Birke Du denken, Du musst das tun, Du kannst gar nicht anders! Du musst an diese Birke denken, an ihre Zweige, an ihr grünendes Laub, ihre im Wind sich wiegenden Haare, ihre blühende Brust. Diese Birke*, sagte sie mit plötzlich ganz kräftiger Stimme, *die steht hier, bloß hier und bloß bei uns, bei uns hier – in Stalingrad.*

Dann setzte der Applaus ein. *Bravo*, riefen die Leute, *Bravo!* Kleine Mädchen und Buben stürmten nach vorne auf die Bühne und überreichten Olga Blumen. Sottkowskis Dolmetscherin musste derweil richtig schreien und zugleich lachte sie wie vor Freude, lachte wie von Sinnen, dass es ausgestanden war, dass sie es hinbekommen hatte mit dem Flüstern in sein deutsches Ohr. Sottkowski aber war sich nicht sicher, ob sie den letzten Satz der Agaschina überhaupt korrekt verdolmetscht hatte, dieses sonderbare *Versuch bloß zu vergessen.*

Un campo di papaveri

Gern hatte Professor Sottkowski die Einladung zu der Athener Germanistentagung über *Erinnerung und Identität im Spiegel der deutschsprachigen Gegenwartsliteratur* angenommen und war schon eine Woche vor Konferenzbeginn nach Griechenland geflogen. Er musste einfach mal raus aus der Tretmühle seiner Gommersbacher Hochschule.

Auf Empfehlung von Karsten Ostarhilt hatte er sich im Hotel Orion ein Zimmer besorgt, oben am Rand des quirlig gemütlichen Anarchistenviertels Exarchia. Von seinem Balkon aus konnte er über die ganze Stadt schauen, bis zur Akropolis und zum Saronischen Golf und den Gebirgszügen im Westen, hinter denen am frühen Abend die Sonne unterging.

Die Tage nutzte Sottkowski für ausgedehnte Spaziergänge und für Museumsbesuche. Er schaute sich, wie schon 1978 während seiner ersten Griechenlandreise, das Archäologische Nationalmuseum an und stand jetzt ein bisschen wehmütig vor den Kouroi, den kraftstrotzenden Jünglingsstatuen. Er ging ins Benaki-Museum für Kykladische Kunst, ins Schliemann-Haus und auch ins Byzantinische Museum, wo sie seine Lieblingsikone aus dem Depot geholt und ausgestellt hatten, die mit dem hundsköpfigen Christophorus, den Kynokephalos aus dem 17. Jahrhundert.

Die dort seit Herbst ebenfalls gezeigte Andy Warhol-Ausstellung war leider schon vorbei. Gerne hätte Sottkowski gesehen, ob und wie sich dessen Selbstporträts und dessen Pop-Bilder von Marilyn Monroe, Mao, Elvis Presley oder Josef Beuys neben den altfrommen Heiligenbildern behaupten können. Am letzten freien Tag, einem Mittwoch, hatte er sich den Kerameikos am anderen Ende der Innenstadt vorgenommen, das von Touristen so erfreulich verschonte Ausgrabungsgelände unweit der Akropolis.

Die beiden Burschen in ihren schwarz-rot gestreiften Kapuzenpullovern waren Sottkowski gleich aufgefallen. Waagrecht angeordnet waren die breiten Streifen bei dem einen, senkrecht bei dem anderen. Sie standen vor dem schmiedeeisernen Tor der Synagoge in der Melidonistraße. Sein Griechisch reichte, um die Inschrift unter dem Sims des Gebäudes zu entziffern: *Synagoge der israelitischen Gemeinschaft zu Athen*. Dann war da noch so etwas wie *Beth Shalom* zu lesen. Der waagrechte Kapuzenbursche fotografierte den senkrechten und anscheinend sollte der sechszackige Stern mit aufs Bild kommen. Der eine hielt in der rechten Hand die Kamera und gab mit der linken Zeichen, dass sein Kumpel mit dem Kopf noch ein bisschen dichter an das Gitter mit dem Davidstern heranrücken müsse. Der streckte seinen rechten Arm nach vorne und spreizte Zeige- und Mittelfinger zum Victory-Zeichen. Sie lachten.

Im Vorübergehen schaute Sottkowski sich das an. Er blieb sogar kurz stehen. Aber er traute sich dort nicht, ein

Foto von den beiden zu machen. Anfang zwanzig dürften sie gewesen sein. Er fand, dass sie trotzdem gut aussahen in ihren gestreiften Kapuzenpullovern. Sie waren schlank, trugen Springerstiefel und hatten kahl rasierte Schädel, Glatzen. Erst als er an der Synagoge vorbei war und oben an der Ecke zur Hermesstraße durch den Zaun schon auf das tiefer liegende Ausgrabungsgelände schauen konnte, knipste er die beiden von weitem dann doch.

Bevor er den Eingang zum Kerameikos-Museum erreicht hatte, drehte er sich noch einmal um. Am Ende der leicht ansteigenden Straße, in vielleicht zwei Kilometer Entfernung, war trotz des trüben Wetters das Parlamentsgebäude am Syntagmaplatz zu erkennen, König Ottos bavarischer Prachtbau. Wie eine vergrößerte Version der Villa Ludwigshöhe kam ihm das vor, wohin er von Gommersbach aus gelegentlich fuhr, um im Pfälzer Wald zu wandern. Links vom Schloss war der Lykavittos zu erkennen, Athens höchster Berg mit der kleinen Georgs-Kapelle und der riesigen griechischen Fahne. Rechts neben der Straße läuft die Bahnlinie und dann kommt die Akropolis. Direkt an der Bahn übernachteten Leute, Afrikaner, in Behausungen aus Pappkartons und Plastikplanen, ein richtiges kleines Dorf. Als er diese Stelle auf einem Spaziergang entdeckt hatte, gleich am ersten Tag, war es noch kälter gewesen als heute, und er hatte auch ein bisschen Angst gehabt vor den Schwarzen, die ihn aus ihren Schlafsäcken und Wolldecken anstarrten wie einen Fremden.

Am Eingang, neben dem Häuschen mit der Museumskasse, stand auf einem handgemalten Zettel: *The WC is not working.* Der griechische Text war dreimal so lang. Aber das Klo ließ sich zum Glück dennoch benutzen. Kurz nach ihm kamen auch die Kapuzenjungs ins Museum. Gleich fingen sie wieder mit dem Fotografieren an, obwohl die Aufseherinnen immerzu riefen *No flash! No flash!* Doch das schien die beiden nicht zu kümmern und irgendwann hörten die Frauen auf und ließen sie einfach machen.

In der Eingangshalle schaute Sottkowski sich den Löwen an mit den kreisrunden Augen und der wunderschönen Mähne, der von einer deutschen Archäologin unlängst entdeckt worden sein soll. Seit 1913 graben die Deutschen jetzt schon hier, las er auf der Tafel neben dem Löwen. Die Jungs müssen Italiener sein, dachte er. Vor der großen Statue des nackten Jünglings redeten sie vom *scultore Michelangelo*, von *perfetta muscolatura del torso*. Sie machten sich gegenseitig auf das geflochtene Haar aufmerksam, das dem Kouros bis zu den Schulterblättern reicht, und zeigten auf die abgebrochene Nase und das leicht lädierte Gemächt. Dann betatschten sie die Pobacken des Jünglings. Eine Aufseherin kam angerannt. *Don't touch!* rief sie, *Respect our monuments! Don't touch! – Va bene, Va bene* sagten die beiden und hoben die Arme in die Höhe, als wollte die Frau sie erschießen.

Im Lichthof machten sie sich über den Stier lustig, knipsten dessen gewaltige Hoden von vorn und von hinten. *Red bull, bull shit*, sagte der eine und dann hörte man so etwas wie *red skin* und *fuck parade*, aber Sottkowski war sich nicht sicher. Der mit den senkrechten Streifen erklärte seinem Kumpel richtig sachlich, aber ziemlich lautstark etwas von *mitologia greca*, von *grande madre* und *orgastica*, von Kybele und Attis. Mehrmals fiel das Wort *castrazione*. Dabei lachten sie und schauten durch die Beine des Stiers zu ihm hinüber.

Als er schon eine Weile vor den Vitrinen mit den Keramiksachen gestanden hatte und ihn die Jungs auf ihrem Rundgang endlich eingeholt hatten, stieß ihm der eine plötzlich mit dem Ellbogen in die Seite und zeigte auf ein kleines rötliches Tongefäß. Er erklärte etwas auf Italienisch, aber Sottkowski verstand das nicht. Nur die Wörter *svastica* und *emblema nazista* konnte er aus dem Wortschwall heraushören. So etwas war wirklich auf dem Ausstellungsstück zu sehen, neben zwei Kriegern, die mit Lanzen um ein zwischen ihnen stehendes Pferd zu streiten schienen. Wie Strichmännchen kamen ihm die Gestalten vor. *Individual Find (800–775 BC) – warriors taming a horse. This is one of the earliest depiction of human figurine*, stand auf einem Schildchen am Rand der Vitrine. *Si, si, svastica, but not the emblema nazista*, kauderwelschte Sottkowski zu dem Burschen und versuchte, ihm dabei in die Augen zu blicken.

Dann ging er in den nächsten Raum, um sich weitere Grabungsfunde anzuschauen, während die beiden wieder ihre Fotos machten. *No flash! No flash!* äfften sie die Frauen nach. *Red bull, bull shit! Fuck parade!* Schon wieder lachten sie. Auch in diesem Raum entdeckte er jetzt unter den vielen Objekten eine Tonschale mit Hakenkreuzen. Zwischen eine Reihe von Tieren waren sie rund an die Innenwand des kleinen rötlichen Gefäßes gemalt, einer Trinkschale vielleicht, mit schwarzer Tusche wie von Kinderhand. Was für Tiere das sein sollten, war nicht richtig zu erkennen, ob Esel oder Pferde oder Kühe oder doch eher Ziegen, vielleicht sogar Windhunde. Das Schild mit der englischen Erläuterung fehlte bei diesem Ausstellungsstück mit der Nummer 18.

Er ging vor die Tür und steckte sich eine Gauloise an. *Liberté toujours* stand auf der Packung und dass Nikotin impotent mache. Er schlenderte durch das Museumsgelände. Quer über die Wiese war durch das hoch gewachsene Gras ein Weg gemäht. Es roch nach fauligem Heu. An der Stadtmauer wuchsen Brennnesseln. *City Wall* stand auf einem der Steine. Xerxes, Salamis, Themistokles, Perikles – all der Schutt aus seiner Schulzeit ging Sottkowski durch den Kopf und er schaute durch den Zaun an der Hermesstraße hinauf zur Akropolis. Da soll die Hakenkreuzfahne geweht haben, hatte ihm sein Vater vor vielen Jahren erzählt. Ein irrer Grieche habe die Fahne eines Nachts runtergeholt, einfach geklaut, gleich Ende Mai 1941. Heilfroh sei er gewesen, dass er damals nicht zu den Wacheschiebenden gehört habe, in jener mondbeglänzten Zaubernacht da oben bei den erhabenen antiken Tempeln.

Am Bach, der durch das Gelände fließt, hielt Sottkowski Ausschau nach den berühmten Riesenschildkröten. Aber er konnte keine entdecken. Vielleicht war es denen noch zu kalt oder sie hielten sich tagsüber versteckt. Auch dort roch es ein bisschen nach Verfaultem. Aus einer gelben Plastikröhre floss klares Wasser in den mit Pflanzen überwucherten Bach. Biotop, Soziotop, Genotop, Nekrotop, murmelte er vor sich hin. Dann schaute er zur Kirche Hagia Triada und zu den Palmen, die ihr bis übers Dach reichen. Was könnte man da noch alles entdecken, dachte er, wenn sie unter der Kirche auch mal graben würden.

Am Ende des Geländes, wo hinter dem Zaun die Straße nach Piräus entlangläuft, wo sich das Gazi-Viertel rund um das alte Gaswerk zu einem Vergnügungs- und Kulturzentrum mausert und wo Riesenneubauten hochgezogen werden, blieb er vor einem kleinen mit Olivenbäumen und Zypressen umgebenen Hügel stehen. Zwischen den Grabstelen roch es nach Minze. Am Stamm einer Kiefer lehnte ein Handfeuerlöscher. Er knipste Fotos von dem nicht mehr richtig funktionstüchtig aussehenden roten Gerät, von den gelben Blüten des Löwenzahns und von den weißen der Margeriten. *Zypressen, meine dunklen Lieblingsbäume, / Ihr werdet stets in meinen Lichtvisionen stehn.* Muss dir der Däubler gerade hier und gerade jetzt einfallen? dachte er.

Dann waren die beiden Kapuzenjungs schon wieder zu hören. Sie kamen oben vom Museum durch das Stelenfeld angelaufen und winkten ihm, dass er zu ihnen kommen solle. In der Mitte des Hangs waren sie vor einem eingesackten Grab stehen geblieben, verwildert sah es aus mit dem sprießenden Unkraut. Zwischen dem Gras und dem Löwenzahn wuchs überall Klatschmohn. Die Jungs zeigten auf die leuchtend roten Blätter und die schwarzen Punkte im Inneren der Blüten. Sie beugten sich zur Erde, als wollten sie an ihnen schnuppern. Wie auf Verabredung riefen sie gleichzeitig und völlig aufgekratzt: *Un campo di papaveri! Un campo di papaveri!*

Sie baten Sottkowski ein Foto zu machen, von diesem Grab mit den Mohnblüten. Sie setzten sich auf eine umgestürzte Stele und machten ihm durch Gesten klar, dass die *papaveri,* die Mohnblüten unbedingt mit aufs Bild kommen müssten. Der eine legte seinen Arm um die Schulter des anderen. Der stülpte sich die Kapuze über, streckte im Sitzen seinen rechten Arm nach vorne und machte wieder dieses V-Zeichen. *Grazie, mille grazie* sagten sie, als er sie geknipst hatte. Sie standen auf und nahmen ihm den Fotoapparat wieder ab.

Er fragte sie auf Englisch, warum sie das mit dem Nazi-Gruß immer noch machen müssten. Sie grinsten, fielen sich um den Hals und küssten sich auf den Mund. Dabei schauten sie ihm in die Augen. *Fuck parade! – Kolossal romantisch, was?* hörte er den einen, den senkrecht gestreiften, plötzlich auf Deutsch sagen. *Was seid ihr bloß für miese Typen*, schrie Sottkowski. Aber die beiden lachten nur und der waagrecht gestreifte richtete die Kamera auf ihn. *Wo bin ich hier eigentlich*, rief Sottkowski, drehte sich um und hetzte quer über das Mohnblütenfeld den Grabhügel hinauf, zurück zum Ausgang des Museums.

Schreihälse in Athen

Für Torsten Israel

Die Finnen haben, und sie haben wohl Gründe dafür, ein eigenes, unübersetzbares Wort für jemanden, der die Sprache jenes Landes, in dem er sich gerade befindet, weder spricht noch versteht. So einer heißt im Finnischen *Ummikko*. Von Zeit zu Zeit ist es Professor Sottkowski ganz angenehm, ein solcher Ummikko zu sein. Er hockt nämlich gerne unter Leuten, in einem Caféhaus oder einem Gartenrestaurant. Aber er möchte dann im Lesen und Denken nicht beeinträchtigt werden durch das, was die anderen um ihn herum gerade erzählen oder zu beratschlagen haben oder gar lautstark in ihre Handys schwätzen, all diese intimen Dinge, die ihn doch gar nichts angehen, ihm nur die Aufmerksamkeit rauben. Sottkowski will da nicht zuhören müssen, er will sich ganz auf seine eigene Sprache, auf sein Deutsch konzentrieren können, sein wichtigstes Arbeitsinstrument. Aber zugleich möchte er unter Menschen sein, denn er ist kein Stubenhocker, kein Elfenbeinturmtyp. Er hat sogar ein bisschen Angst vor dem Alleinsein und der Stille.

Weil das mit ihm nun einmal so ist, lebt er gerne in dieser Stadt, in Athen, wo er niemanden kennt und nichts versteht, nichts auf Griechisch sagen kann, und doch die ganze Zeit unter überaus lebhaften Menschen ist, Südländern halt, aber als Ummikko, als jemand, der die Sprache des Landes, in dem er sich gerade befindet, weder spricht noch versteht. Seine kleine Wohnung oben am Strefi-Park in Exarchia hat ihm Karsten Ostarhilt, der neue Kollege aus der Neogräzistik, für die Dauer seines Freisemesters zur Verfügung gestellt, für weniger als einen Appel und ein Ei. Diese fünf Monate müssten hinreichen, um das neue Buch fertig zu bekommen, seine translationswissenschaftliche Studie zum Mythos der Null-Äquivalenz in den Modim-Sprachen der Europäischen Union.

In Exarchia kann man gut arbeiten, findet Sottkowski, obwohl andere das bestreiten werden. Denn Exarchia ist der verrufene Anarchisten-Stadtteil, wo es noch Buchhandlungen gibt, die nur die gesammelten Werke von Bakunin, Kropotkin und Rosa Luxemburg im Schaufenster haben. Die Leute in diesem Viertel, Studenten und Lebenskünstler aller Art und aller Altersklassen, tragen meist schwarze Kapuzenpullover und sind manchmal ziemlich vollgedröhnt, vor allem im Zentrum des Stadtteils, am Exarchia-Platz. Ein bisschen riecht es noch nach Paris und Mai 68. Zweimal im Jahr, am 17. November und um den 6. Dezember, geht es auch richtig heftig zu in Exarchia. Dann liefern sich die Autonomen mit ihren schwarz-roten Fahnen und ein paar hundert Polizisten ziemlich böse Straßenschlachten, vor allem unten am Polytechnikum neben dem Nationalmuseum, wo am 17. November 1973 die Militärjunta demonstrierende Studenten zusammenschießen ließ.

An diesen Erinnerungstagen im späten Jahr kreist ein Polizeihubschrauber bis spät in der Nacht laut dröhnend über dem Stadtteil. Es gibt Steinewerfen und Knüppelschwingen, die Müllcontainer brennen an den Straßenecken und jede Menge Tränengas wabert durch das Viertel, wie sonst nur zu Ostern der Weihrauch aus den Kirchen und Hauskapellen. Das kratzt dann in Hals und Nase, und es ist gut, wenn man ein großes Taschentuch mit sich hat. Aber ansonsten ist Exarchia eine stille Gegend, eine richtige Idylle, vor allem in den engen Straßen oben am Strefi-Park mit ihrer unvermufften Kleinstadt-Atmosphäre.

Die Leute in den Läden kennen Sottkowski schon. Er muss gar nicht mehr sagen, was er braucht, oder mit dem Finger darauf zeigen, sie halten es ihm schon hin: das Stück Schweinelende in der Metzgerei, das halbe Weißbrot beim Bäcker, die kleinen Strauchtomaten und Limonen im Bioladen und das Päckchen rote Gauloises am Kiosk in der Benaki-Straße. So kommt er in Exarchia aus mit jenen vier Wörtern, die er auf Griechisch doch noch gelernt hat: *Jássas, Kallimära, Äfcharistó* und *Parakalló*. Der Rest geht auf Englisch oder mit Händen und Füßen und beharrlichem Lächeln.

Mit den Straßennamen und dem Sichzurechtfinden in der Innenstadt hat Sottkowski keine Probleme, denn er hat vor vierzig Jahren ein wenig Altgriechisch gelernt und kann zumindest die Buchstaben lesen. Das hilft nicht nur bei den Straßenschildern, sondern auch im Taxi, wenn er sich nach Hause zur Petsovou in Exarchia bringen lässt, der Fahrer dann aber *Metsovou* in sein Navigationsgerät eintippt. Die Metsovou ist eine etwas größere Straße in der Nähe des Nationalmuseums, am anderen Ende von Exarchia. Dann ruft Sottkowski dem Fahrer zu: *Petsovou, mit P wie Papa, Petsovou, nicht Metsovou!* Die Petsovou ist so winzig, dass selbst Alteingesessene, die schon dreißig Jahre und mehr in Athen mit dem Taxi unterwegs sind, sie nicht kennen. Und deshalb hören sie *Exarchia* und *Metsovou*, obwohl er *Exarchia* und *Petsovou* gesagt hat.

Als Sprachmenschen und Wortwissenschaftler interessiert Sottkowski dieses Phänomen natürlich, dieses beharrliche Falschhören der Athener Taxifahrer. Und es erinnert ihn an seinen Aufsatz in der Volksschule, den sie damals in der dritten Klasse über ihr Lieblingstier schreiben mussten und den er übersät mit roter Tinte für immer denselben Rechtschreibfehler zurückbekommen hatte von seiner Lehrerin, von Frau Wediger. Die hatte überall, wo Sottkowski von *Pilsudski,* von seinem *Hamster* geschrieben hatte, in *Hampster* verbessert, mit *mp*, gut fünfzig mal, denn das war nun mal Sottkowskis Lieblingstier, sein Hamster, den sein Vater auf den Namen *Pilsudski* getauft hatte. Na, das war ein Fest für Vater Sottkowski, der hat sich gar nicht mehr einkriegen wollen vor Gelächter und Spott über dieses *Hampster-Mikätzchen*, wie er Frau Wediger, die Klassenlehrerin seines neunjährigen Sohnes, dann nur noch nannte.

Aber der Briefträger in Exarchia weiß natürlich, dass die Petsovou nicht die Metsovou ist und wo dieses winzige Gässchen am Rand des Strefi-Parks zu finden ist. Er bringt auch die Stromrechnung für die Wohnung, in der

Sottkowski an seinem Buch über die Null-Äquivalenz und die Modim-Sprachen arbeitet. Und weil Sottkowski griechische Buchstaben lesen kann, findet er im für das ganze Haus gemeinsamen Briefkasten unter den elf Briefen des Stromversorgers D.E.I. den für seine Wohnung bestimmten Umschlag problemlos heraus. Auf diesem Umschlag mit der Rechnung steht allerdings nicht der Name von Karsten Ostarhilt, sondern der von jemandem, der sich auf griechisch *Traugkot Phuks* schreibt, zu deutsch *Traugott Fuchs*.

Der Herr Fuchs hat dieses Ein-Zimmer-Appartement vor vielen Jahren einmal bewohnt. Ein deutscher Maler, Übersetzer und Philologe war das aus dem Umkreis von Erich Auerbach und Leo Spitzer. Seinen Lehrern folgte er Mitte der 30er Jahre ins türkische Exil, nach Istanbul. Und in Istanbul hat er den Leuten Deutsch beigebracht, durch fünf Jahrzehnte, mindestens. Jetzt soll er dort in einem Altersheim leben oder er ist vielleicht schon tot. Nur in Athen bekommt Traugott Fuchs immer noch die Stromrechnung für seine einstige Wohnung in der Petsovou. Weil das mit dem Ummelden sehr kompliziert ist, auch Geld kostet, und man Gefahr läuft, dass einem der Strom abgestellt wird. Das Wiederanschließen kostet dann noch einmal einen Batzen Geld. Also lässt man es, wie es war, und so machen das mit dem Strom angeblich alle, zumindest hier in Exarchia.

Wie er denn die Rechnung, diese 26 Euro, am besten bezahlen solle, hatte Sottkowski Karsten Ostarhilt per Mail gefragt. Der hatte ihm geraten, zu dem Stromunternehmen zu gehen, zu D.E.I., in deren Büro in der Innenstadt, von sieben am Morgen bis mittags hätten die geöffnet. Zwar gebe es da immer eine Schlange, aber die Mitarbeiter an den drei Schaltern arbeiteten so fix, dass man nicht lange anstehen müsse. So sei das am besten, besser jedenfalls, als die 26 Euro von einer Bank oder der Post aus zu überweisen, das wäre viel komplizierter und kostspielig außerdem.

Ostarhilts Rat wollte Sottkowski folgen, doch er fand auf dem Abrechnungsformular keine Adresse von D.E.I. Die wollte ihm Ostarhilt schicken. In seiner Antwortmail war dann aber nur die Postleitzahl und die Hausnummer, 5–7, zu erkennen, statt des Straßennamens gab es neun Fragezeichen. Was das solle, verstand Ostarhilt auch nicht und er schickte ihm noch einmal die Adresse. Wieder erschienen auf Sottkowskis Bildschirm nur Fragezeichen. Dann wurde ihm klar, dass auch sein Computer ein Ummikko war und die griechischen Zeichen nicht verstand. Sottkowski bat Ostarhilt, ihm das Ganze doch bitte noch einmal zu senden, in lateinisch-erasmischer Umschrift.

Aristidou hieß die Straße also. Im Register seines Baedeker-Stadtplans fand Sottkowski zehn *Aristidous* aufgelistet, alle in verschiedenen Stadtteilen. Ostarhilt schrieb ihm, dass es um jene Aristidou gehe, die zwischen der Kolokotroni und der Stadiou verlaufe, eine Passage sei das. Die Gegend kannte Sottkowski schon recht gut von seinen Stadtwanderungen in den Gassen zwischen Omonia-Platz, Königsschloss und Akropolis. Aber ganz so einfach zu finden war diese Aristidou dann doch nicht, es gab zumindest keine Passage dieses Namens zwischen der Kolokotroni-Straße und dem Stadiou-Boulevard. Nach einer halben Stunde Suchens fragte Sottkowski auf Englisch einen Polizisten in einer Nebenstraße der Kolokotroni nach dem Weg. *First left, than right, there is a square with a little church in the centre and straight from this square starts Aristidou*, sagte ihm der Polizist. *Äfcharistó, Sir*, sagte Sottkowski.

Und da war sie dann auch, die Aristidou. Das war gar keine Passage, sondern eine ganz normale Straße. Die Hausnummer stimmte und im Erdgeschoss gab es zwei Schalterhallen des Stromunternehmens, wie Sottkowski gleich an dem blau-roten Logo mit dem Blitzemblem und den Buchstaben D.E.I. erkannte. Auch die Schlange existierte wie von Ostarhilt versprochen, neun Leute standen hintereinander. Von den drei Schaltern waren zwei besetzt. Links bediente ein Mann, etwa vierzig Jahre alt, mit einem roten Hemd, rechts einer, ebenfalls etwa vierzig Jahre alt, mit einem schwarzen Hemd. Und es ging auch wirklich zügig voran. Alle Kunden hatten ihre Stromrechnung in der Hand und einen oder mehrere 50-Euro-Scheine. Sottkowski nahm die *Frankfurter Allgemeine Zeitung*, die er am Omonia-Platz gekauft hatte, aus seiner Tasche und las den Leitartikel über Angela Merkels neues Kabinett, in dem die FDP-Minister noch begreifen müssten, dass Regieren etwas anderes bedeute als Fortsetzung der Opposition in größerem Dienstwagen. Aber er bekam das gar nicht ganz durchgelesen, so schnell ging es an den beiden Schaltern mit dem Kassieren. Er hielt dem roten Strommenschen seine Rechnung hin und den 50-Euro-Schein. Der nahm beides, befestigte das Geld mit einer Büroklammer an der Rechnung und rief ihm etwas zu, wobei er mit dem Arm auf eine Stuhlreihe an der Glasfront vor dem Ausgang wies. Das machte er genauso mit den beiden Leuten, die nach Sottkowski noch in der Schlange gestanden hatten. Auch deren Geld klemmte er an die Rechnungen und schickte sie zu der Stuhlreihe.

Die beiden setzten sich links und rechts neben Sottkowski, der sich wieder seine *Frankfurter* vornahm. Ob er Deutscher sei, fragte ihn der Herr auf Englisch. Er hatte ein feines Jackett an und trug einen Schlips. *Yes*, sagte er dann, er sei schon mal in Deutschland gewesen, *in Munich*, und zu Weihnachten fahre er wieder hin, nach Patenkirchen. *Yes, Garmisch-Patenkirchen, in the Alps*. Dann fing er unvermittelt an zu schreien, zu dem Mann am rechten Schalter, und der Schwarze schrie noch lauter zurück. Er wies mit ausgestrecktem Arm auf die Uhr, die an der Stirnwand der Schalterhalle hing. Auch der Rote schrie jetzt los, sprang auf und steckte sich eine Zigarette an, paffte und blies den Rauch in ihre Richtung. Dann schrien alle drei gleichzeitig. Auch der Schlips war aufgesprungen und zeigte auf die Uhr. Als er sich wieder gesetzt hatte, fragte ihn Sottkowski, was denn los sei. Die tun so, sagte er, als seien die hier der Boss, dabei sind das nur Angestellte, ganz kleine Angestellte. Dann schrie er wieder etwas in ihre Richtung und sie schrien zurück.

Aus der Schalterhalle nebenan kam ein junger Bursche mit Kopfhörern in den Ohren. Der nahm die drei Rechnungen mit dem Geld und ging wieder weg. Der Schlips schrie ihm etwas hinterher und dann kam der Junge zurück, schmiss die Papiere auf den Tisch von dem Roten und schrie ihn an. Der blies ihm seinen Tabakrauch ins Gesicht und drehte sich um. Dann schrien wieder der Schwarze und der Schlips. Und der Schlips sagte zu Sottkowski, dass man hier gar nicht rauchen dürfe, aber der tue so, als sei er hier der Boss, dabei sei das nur ein Angestellter, ein ganz kleiner Angestellter. Sottkowski fragte noch einmal, was das solle, was hier eigentlich los sei. Er fragte, ob die jetzt Kaffeepause hätten und in dieser Pause dürfe man vielleicht rauchen. Er schaute auf die Uhr, es war fünf nach halb zwei, und er dachte, dass sie wohl um viertel vor wieder anfangen würden mit dem Geldkassieren für die Stromrechnungen. Dann las er weiter in der *FAZ*, überschlug den Wirtschaftsteil und las im Feuilleton den Artikel über das Vordringen des Englischen. Sogar die deutsche Japanologie werde inzwischen anglophon, *Contemporary Japan* heiße künftig das Organ, das bisher *Japanstudien* hieß. Die Frau neben ihm holte ihr Handy aus der Handtasche und fing an zu telefonieren, ziemlich laut, so dass es der Schwarze hinter dem Schalter mithören konnte. Der schrie sie an und wies mit der Hand zur Tür, zum Ausgang auf die Aristidou. Die Frau klappte das Handy zu und schrie zurück und zeigte auf ihre Armbanduhr.

Draußen vor der Tür hatte sich schon eine richtige Menschentraube gebildet. Mindestens fünfzehn Leute standen dort und alle hatten diese Stromrechnung in der

Hand und wedelten damit durch die Luft. Gleich an der Tür stand ein buckliger alter Mann, der wich nicht zur Seite. Dann kam aus der anderen Schalterhalle ein Uniformierter, schloss die Tür auf, am Schloss unten am Boden, und schrie etwas nach draußen zu den Leuten. Die fingen auch an zu schreien und der Alte versuchte, durch den Türspalt in die Schalterhalle zu schlüpfen. Aber der Uniformierte schob ihn sachte zurück und schrie ihn dabei an. Auch der Rote und der Schwarze schrien etwas zur Eingangstür. Dann drehte sich der Uniformierte um und schrie die beiden an. Noch so ein Boss, sagte auf Englisch neben Sottkowski der mit dem Schlips, dabei ist das nur ein Angestellter, ein ganz kleiner Angestellter.

Nachdem sie sich alle gut zehn Minuten wechselseitig und gleichzeitig angeschrien hatten, kam der Junge mit den Kopfhörern aus der Schalterhalle nebenan zurück. Er schaute zu dem Schlips, zu der Frau und zu Sottkowski und sagte lächelnd und ganz leise: *Mister Trygood Fuck, please.* Er gab Sottkowski die Rechnung zurück, mit einem blauen Stempel drauf, und das Restgeld, 24 Euro. Sottkowski sagte *Äfcharistó poli, Sir* und *Jássu* und ging mit der *FAZ* und dem Geld in der Hand rasch zu der Glastür. Er ließ sich von einem der Schreihälse aufschließen, sagte noch einmal *Äfcharistó* und *Jássu* und trat an dem Buckligen vorbei auf die Aristidou. Der drehte sich nach ihm um und Sottkowski hörte, wie jemand ihm von unten herauf mit einem sonnigen Greisenlachen hinterherrief: *Kannitverstan? Kannitverstan?*